www.mayabooks.co.kr

www.mayabooks.co.kr

재벌집 망나니
7대독자

재벌집 망나니 7대독자 ❶

지은이 | 앤서
펴낸이 | 권순남
펴낸곳 | (주)마야 · 마루출판사
등록 | 2008. 1. 7(제310-2008-00001호)

초판 인쇄 | 2019. 12. 23
초판 발행 | 2019. 12. 27

주소 | 서울시 노원구 상계 1동 1049-25 신영산업 BD 602호
대표전화 | 02-2091-0291
팩스 | 02-2091-0290
이메일 | marubooks@hanmail.net

ISBN | 978-89-280-7640-6(세트) / 978-89-280-7641-3
정가 | 8,000원

잘못된 책은 교환하여 드립니다.
저자와 협의하여 인지를 붙이지 않습니다.

「이 도서의 국립중앙도서관 출판시도서목록(CIP)은 서지정보유통지원시스템 홈페이지(http://seoji.nl.go.kr)와
국가자료공동목록시스템(http://www.nl.go.kr/kolisnet)에서 이용하실 수 있습니다.」
(CIP제어번호:CIP2019048432)

MAYA&MARU MODERN FANTASY STORY

재벌집 망나니 7대독자

앤서 현대 판타지 장편소설

❖ 목 차 ❖

프롤로그 …007

제1장. 두 유 노우 후 아이 엠 …017

제2장. 빨간 펜 …063

제3장. 가문의 유산 …109

제4장. 5달러씩 드려요 …167

제5장. BUY KOREA …237

제6장. 테라 KOREA (1) …293

재벌집 망나니 7대독자

*이 소설은 픽션입니다. 모두 허구임을 알려 드립니다.

프롤로그

재벌집 망나니
7대독자

"회장님! 부르셨습니까?"

"오! 박 서방, 어서 오게."

박 서방?

그 말에 잠시 멈칫해야 했다.

장인이 사위를 서방이라고 부른다고 이상한 일은 아닐 것이다. 그러나 대한민국 최대 재벌인 이만식 회장이라면 사정은 달라진다.

이만식 회장에게서 박 서방이란 호칭을 들어 본 적이 언제였더라?

기억이 가물가물하다.

"뭐 하나. 앉지 않고."

"예? 예, 회장님!"

심지어 자리까지 권한다.

보통은 서서 듣는 것이 성산에서는 정상적인 일.

장인어른이 미친 것일까?

그렇다면 국가 경제나 성산그룹을 위해 아주 긍정적인 일이 아닐 수 없을 것이다.

그러나 그럴 리는 없었다.

대체 왜 날 부른 거야?

"요즘 어떻게 지내나?"

"잘 지내고 있습니다."

난 망설임 없이 대답을 했다.

그러나 잘 지내지 못한다. 죽지 못해 살고 있다.

할 수만 있다면…….

거운뺀인 성신의 이사 자리를 내던지고 시골로 내려가 농사라도 짓고 싶은 심정이었다.

"서경이는?"

"예. 잘 지냅니다."

"그거 묻는 게 아니고……. 박 서방한테 잘해?"

지금 몰라서 묻는 거야?

아, 예. 잘하고 말굽쇼.

술만 처먹고 들어오면 위스키 병나발을 불면서 저더러 죽으라고 노래를 불러요.

그뿐인 줄 아세요? 부부가 써야 할 신성한 안방 침대에서 아이돌 지망생 애새끼들 데려다가 떡도 치는걸요?

그게 바로 아버님 따님입니다.

아! 이렇게 말할 수 있다면 얼마나 좋을까?

그러나 그랬다가는 그동안 얻은 모든 것들이 다 날아갈 것…….

내 것은 별로 있지도 않았다. 다 엎드려 사정하고 빌어 가며 얻어 준 피붙이들의 삶의 터전들.

만약 그걸 빼앗기기라도 한다면?

난 양가 모두에게 죽일 놈으로 몰릴 것이 확실했다.

"잘해 줍니다, 회장님!"

"흠! 그렇다면 다행이군."

한마디 넌지시 던진 이만식 회장.

곧바로 인터폰을 집어 들었다.

"전략기획실장 들어오라고 해."

전략기획실장?

직계를 제외하면 그룹 실세인 이창우 실장이다.

한데 이창우를 왜 불러들이는 것일까?

설마 나에게 계열사라도 하나 주려나?

아니면 무슨 프로젝트라도 맡기려는 것일까?

그러나 그런 것은 아닌 것이 확실했다.

난 지금까지 어떤 보직도 받지 못했고, 어떤 프로젝트도 진행해 본 적이 없다.

그냥 무늬만 임원인 바지 이사가 나다.

게다가 지금 성산그룹은 위기에 봉착해 있었다.

이번 정부는 전 정부와는 달라도 너무 달랐다.

돈 받아 처먹은 놈들조차도 이만식 회장 전화를 씹는다는 말들이 공공연하게 나돌고 있었다.

그뿐만이 아니다. 일주일 전에는 성산건설에 검찰이 들이닥쳐 박스만 한 트럭 싣고 갔다.

적어도 지금은 개만도 못한 대접을 해 주던 사위 걱정을 할 때는 아니었다.

그럼 여기 날 부른 이유는 뭘까?

말하지 않아도 알 수 있었다.

나에게 총대를 메라고 부른 것이다.

지난번 정권 말에도 징역 3년에 집행유예 5년 받았는데……. 머리털 나고 파출소 한 번 들락거린 적 없는 내가 전과자 신세가 된 게 6년 전이다.

그래도 경제사범이라나 뭐라나?

후계자인 형님 이재희 새끼가 나불거린 말이다.

그런데 또?

묵묵히 고개를 숙이고 있을 때, 이창우 실장이 들어와 양손을 앞으로 모은 채 공손하게 인사를 했다.

"부르셨습니까, 회장님!"

"기재부 장관이 뭐라고 그래?"

"아무래도 회장님 일가 중 누군가가 책임을 져야 할 것 같다고……. 송구합니다."

이만식 회장이 슬쩍 나를 바라보더니 다시 물었다.

"다른 방법은 없고?"

"예. 지금으로서는……. 검찰총장도 같은 답변이었습니다."

"하아! 내가 죽을 때가 되어 가나 보네."

생쇼를 하고들 있네.

난 사실 어이가 없었다.

이미 각본 다 짜 놓고 배우로 날 섭외한 거면서…….

이쯤 되면 피하려고 한다고 피할 수 있는 것이 아니었다.

"…재희를 보내자니 차기 총수 취임식을 감방에서 해야 하게 생겼고……."

"……."

"내가 들어가자니 감옥에서 초상 치를 것 같단 말이지."

"……."

지랄을 한다.

천년만년 살려고 온갖 좋은 건 다 구해다 처먹는 영감이 초상은, 시발!

생각은 그랬지만 난 굳게 입을 다물고 있었다.

"박 서방!"

"예, 회장님!"

불편한 시선을 건네던 이만식 회장이 마침내 입을 열었다.

"서경이가 많이 부족했지?"

"아닙니다, 회장님!"

부족한 정도가 아니었다. 아내로서의 의무 같은 건 안중에도 없는 개X발 악처였다.

그때로 돌아갈 수만 있다면…….

난 그날 강남에서 가장 물이 좋다는 클럽 버닝문 구경에 나서지 않았을 것이다.

이미 술에 절어 호텔 객실 키를 내미는 그년의 호의(?)를 거절했을 것이다.

사실 섹시하다거나, 속된 말로 꼴려서 따라 들어간 것은 아니었다. 제 입으로 성산 이서경이라고 나불대기에 혹시나 해서 따라 들어간 것이었다.

그런데 정말 이서경일 줄이야?

이껬든.

이건 흙수저를 금수저로 만들려고 하늘에서 내려 준 동아줄이라는 생각이 들었었다.

그리고 정말 결혼에 골인했다.

사실 좀 이해할 수 없는 일이었다.

하룻밤 잤다고 설마 날 이만식 회장 앞으로 끌고 갈 줄은 몰랐으니까.

나중에야 그 이유를 알 수 있었다.

전날 그년은 누군가에게 보기 좋게 차였던 것.

그 녀석이 누군지는 몰라도 상당히 안목이 높고, 인품이 훌륭한 새끼임이 분명했다.

'대체 어떤 놈이기에 이서경을 거절해?'

그때는 그렇게 생각했었다.

아무튼 난 나이트에서 들이대며 부비부비 한 것도, 호텔방에 따라 들어간 것도 모두 후회하게 되었다.

난 그저 그 똑똑한 놈에 대한 분노의 희생양에 불과했다.

이후 결혼 생활은······.

말을 말자.

미저리였다.

제1장

두유 노우 후 아이 엠

재벌집 망나니
7대독자

"그래서 말인데… 자네도 이제 계열사 하나 맡아야지."

떡고물인가?

이만식 회장의 입에서 계열사 이야기가 나오자 난 솔직히 귀가 솔깃했다.

늘 바라던 일. 내가 가진 능력을 마음껏 발휘해 실적을 올려 당당하게 서는 것이 늘 꿈이었었다.

명함만 이사인, 아무 직책 없는 바지 이사가 아니라 정말 제대로 한번 해 보고 싶었다.

그러나 지금까지 나에게 그런 기회는 오지 않았다.

그런데 이제 와서…….

지금 상황에 이만식 회장이 나에게 그런 호의를 베풀 리는 없었다.

아버지 주유소, 큰형 고속도로 휴게소, 그리고 여동생 패밀리 레스토랑만으로도 분에 차고 넘친다며 욕설을 퍼부은 게 언제인데?

"제가 그럴 능력이 되겠습니까, 회장님!"

마음은 '놀고 있네.'를 반복했지만 난 그렇게 물어야 했다.

신중해야 한다.

그만큼 이만식 회장은 산전, 수전, 공중전 다 겪은 속물.

"이번 위기만 잘 넘기면 이통 쪽도 괜찮고, 유통 쪽도 괜찮지. 자네, 능력 되잖아?"

"감사드립니다, 회장님!"

일단은 덥석 무는 모양새를 취했다.

전자를 빼면 이통과 유통이 핵심이다.

그런 알토란 계열사를 나에게 맡길 리가?

"그래서 말인데… 이번엔 자네가 총대를 좀 메 주면 어떨까 하네만……"

드디어 본심을 드러내는 이만식 회장.

어차피 그 말을 하려고 날 부른 것임을 잘 알고 있었다.

그런데도 화가 났다.

짖으라면 짖고, 물라면 물고, 빨라면 빤 세월이 얼마인데?

이제 오십 줄.

그런데 또?

천만의 말씀이었다.

이제 성산이라면 신물이 난다.

당장 탁자를 둘러엎고 나와야 했지만…….

그럴 수는 없었다.

"생각할 시간을 좀 주십시오, 회장님!"

"그래그래, 생각해 봐야지. 우리 법무팀하고 로펌 애들 붙이면 집행유예도 나올 수 있어."

"…예."

내 목소리는 기어들어갔다.

"게다가 삼일절 특사도 있고, 광복절 특사도 있잖나?"

"…예, 회장님!"

난 어쨌든 계속 대답을 했다.

그러나 특사는 쉽지 않다는 걸 누구보다 잘 알고 있었다.

"그럼 생각해 봐. 너무 오래 끌진 말고."

"예, 회장님!"

난 그렇게 대답하고 나서야 이만식 회장의 마수에서 벗어날 수 있었다.

배 속에 숨겨 놓은 칼을 꺼낼 때가 온 것이었다.

한참 동안 내 오피스 소파에 드러누워 있었다.

이미 감시를 붙였을지 모르니 신중하게 움직여야 했다.

달콤한 한영임 비서의 목소리가 들려왔다.

"이사님!"

"아, 한 비서!"

올해 서른셋의 한영임 비서는 내가 뽑고, 내가 키운 내 사람이었다.

그래서 믿음이 갔고 정도 들었다.

그런 마음은 사적인 만남으로 이어졌다.

그래서일까? 그녀의 목소리를 듣자 먹구름 사이를 뚫고 밝은 햇살이 비추는 기분이었다.

"혹시……."

"맞아. 나더러 들어가란다."

한영임 비서도 잘 알고 있었다. 내가 회장실에 불려 간 이유를. 검찰 수사 말고는 갈 일이 없다는 것을 말이다.

"너무들 하시네요."

"늘 그렇지, 뭐. 한 비서는 걱정 마. 그렇게 되더라도 내가 한 비서 자리는 만들어 놓을 테니까."

"이사님도 참! 지금 제 자리 걱정할 때가 아니잖아요."

한영임이 슬그머니 소파로 다가와 앉는다. 그리고 내 머리를 들어 무릎 위에 얹었다.

아늑한 기분이 들었다.

마누라에게는 단 한 번도 받아 본 적 없는 호사다.

"그럼 받아들이신 거예요?"

"아니."

"…어쩌시려고요?"

"아직 마음 못 정했어."

마음은 정했다.

그럼에도 한 비서에게도 사실을 말할 수는 없었다.

어쩌면 마음이 흔들리는 것일 수도…….

지난번 정도 일이라면 그냥 검찰에 자진 출두해 들어가 주는 것이 맞다.

그럼 적어도 가족들 사업은 지킬 수 있을 테니까.

그러나 이번 상황은 좀 다르다.

정부에서 물고 늘어지는 것으로 봤을 때…….

그리고 여기저기 심어 놓은 빨대들의 반응으로 봤을 때, 자칫하면 10년 이상이 나올 수도 있었다.

그렇게 되면…….

난 환갑잔치도 감옥에서 해야 한다.

내가 나올 때쯤이면… 어쩌면 이만식 회장은 죽고 없을 수도 있다.

그리고 형님 이재희가 그룹 회장 자리에 올라 있을 것.

뱀 같은 놈이다. 사이코패스 저리 가라다.

그런 놈이 과연 제 아버지 약속을 지킬까?

이만식 회장도 믿기 어려운데 이재희를 믿기는 더 어려

웠다.

"좀 더 생각을 해 봐야겠네. 참! 혹시 뉴스핫에서 연락 온 거 없어?"

"예. 뉴스핫은 왜요?"

"그냥. 정 PD랑 술 한잔하기로 했었거든. 연락 오면 나 오늘 밤 양평 별장에 가 있을 거라고 해."

"양평 별장이요?"

"응. 한 비서도 올래?"

"저, 오늘 아버지 제사잖아요. 잊으셨어요?"

그랬나?

마음 같아서는 한 비서와 함께 양평 별장에서 단 하루만이라도 편안한 휴식을 취하고 싶었다.

그렇지만 아버지 제사라니…….

"휴! 어쩔 수 없지. 혼자 좀 쉬지, 뭐. 걱정하지 마."

"제가 어떻게 걱정을 안 해요?"

한영임이 부드러운 손길로 내 이마에 이어 뺨을 쓰다듬었다.

차라리 이런 애랑 결혼을 했더라면…….

잠시 집에 들렀다.

아니나 다를까? 화들짝 놀란 마누라 비서가 날 막아 세운다.

"잠시만요, 이사님!"

"괜찮아. 나 옷만 갈아입고 바로 나갈 거야. 계속 떡치라고 해."

"예. 예?"

놀라는 마누라 비서.

난 피식 웃고는 내 방으로 가서 옷을 갈아입었다.

그리고 곧바로 가방을 챙겨 거실로 내려갔다.

반쯤 벗은 새파랗게 젊은 놈이 병째로 음료수를 들이켜며 다시 안방으로 향하다가 화들짝 놀란다.

"이, 이사님!"

"어때?"

"뭘 말씀하시는……."

새끼, 당황하긴.

"내 마누라 맛이 어떠냐고?"

"그게…….".

피식 웃는 놈.

당황함과 비웃음이 입가로 가는 주름을 만들어 낸다.

그래, 나 병신이다.

난 속으로 그렇게 생각해야 했다.

"그럼 계속 떡들 쳐."

그 말을 남기고 난 곧바로 차에 올랐다.

❖ ❖ ❖

양평 별장.

나와 한 비서만 아는 장소다.

아무도 모르게 차명으로 장만한 쉼터.

저녁 무렵 별장에 도착한 난 벽난로에 불을 지펴 놓고 생각에 잠겼다. 결심을 굳혔음에도 마음이 물에 띄워 놓은 종이배처럼 흔들거렸다.

그 순간, 집에 들어갔을 때 들려오던 악처의 거친 숨소리가 들리는 것 같았다.

'냉정해지자. 냉정해져야 해.'

생각하는 대로 살지 않으면 사는 대로 생각하게 된다.

문득 폴 부르제의 명언이 떠올랐다.

지금까지 사는 대로 생각해 온 것이 내 인생.

이제는 생각하는 대로 살아야 할 시점이었다.

나는 다시 객관적인 사실을 검토했다.

그리고 저울질을 해 보았다.

세 가지가 걸려 있다.

불법 정치 자금과 배임, 그리고 횡령.

아무리 고민을 해 봐도 결론은 하나같이 NO였다.

이대로 들어가면 내 인생은 감옥에서 끝난다.

그러는 사이 이혼 소송이라도 진행하면?

난 끝이다.

다시 내 친가 가족들로 생각이 옮겨 갔다. 어린아이들도 아니고 왜 그리들 나만 물고 빨아 대는지…….

성산 일가도 모자라, 우리 집안사람들 모두가 미웠다. 심지어 부모님께도 화가 치밀어 올랐다.

'이제는 벗어나야 해. 막노동을 해서 벌어먹고 살더라도 그만해야 해.'

그렇게 결심을 마쳐 갈 때, 마침 뉴스핫에서 전화가 왔다.

"여보세요?"

(박 이사님! 저 뉴스핫 정 PD요. 결정 나셨다면서요?)

"무슨 결정?"

(에이! 이미 소문 다 났어요. 박 이사님이 뇌물 건네고, 회사 자금 횡령한 걸로 하기로 했다고…….)

이런 시발! 내가 언제 그랬다고?

"누가 그래?"

(당연히 대검 특수부 한 검사죠. 일이 예상대로 가네요. 마음은 정하셨어요?)

"그 한 검사, 믿을 만한 사람인 건 확실해?"

한 검사를 잘 안다. 그러나 난 다시 정 PD에게 확인해야 했다. 내 남은 인생이 걸린 일이었다.

(아시잖아요. 이 양반, 절대 약속 안 어겨요. 그리고 이번 정부, 절대 성산 그냥 안 놔둡니다.)

"…그래서?"

(제안은 여전히 유효하답니다. 근데 서두르셔야 해요. 이 회장이 증거 만들면 답이 없거든요.)

"……."

결심을 굳혀야 했다.

성산의 은밀한 정보를 제공해 주는 대가로 집행유예를 제안받았다.

완전히 벗어나는 것은 불가능하다.

아무것도 남지는 않겠지만……. 그래도 그러면 악처에게서 벗어나 한 비서랑 소소하게 살 수 있을 것이다.

할 만큼 했잖아?

"좋아. 그럼 보자."

(잘 생각하셨어요. 어디서 볼까요?)

"미사리로 하자. 바로 올라갈게."

(예. 그럼 제가 한 검사랑 나가 있을게요. 좀 이따 봬요.)

전화를 끊었다.

이제는 돌이킬 수 없게 되었다.

별장을 빠져나와 운전대를 잡았다. 겹겹이 에워싼 새벽 안개가 마치 내 답답한 인생처럼 느껴졌다.

'이것만 뚫고 나가면…….'

돈은 남지 않아도 자유는 남으리라.

차 트렁크에는 성산의 핵심 부문인 전자의 분식 회계 자료, 그리고 정치인들에게 상납한 자금 세부 내역이 박스째 들어 있었다.

그동안 조심스럽게 수집해 온 것들이다.

내가 쥔 유일한 히든카드.

난 핸들을 힘껏 움켜잡은 채 가속 페달에 힘을 실었다.

'그래, 끝내자. 여기서 끝내고 다시 살자.'

귓가에 앵앵거리는 소리가 들려오는 것 같더니 이내 고요해졌다.

그것도 잠시, 이번에는 누군가 영어로 대화하는 소리가 들려왔다.

"신체적으로는 이상이 없습니다. 뇌에도 물리적 손상은 전혀 없습니다, 회장님!"

"그런데 왜 우리 7대 독자가 제 엄마를 못 알아봐?"

"그게… 경과를 지켜봐야 알겠지만 Dissociative Amnesia로 추정됩니다."

Dissociative Amnesia.

해리성 기억상실증이다.

무슨 소릴? 난 기억이 멀쩡한데.

이번에는 여자 목소리가 났다.

"그럼 계속 기억을 못한다는 말인가요?"

"기억은 차츰 회복이 될 가능성이 높습니다. 하지만 안정적인 가운데 치료를 하는 인내심이 필요합니다."

휴! 치료가 된다네?

내 이야기도 아닐 것인데 한숨은 왜 나는지.

"어떻게 이런 일이……. 너는 대체 뭘 한 거냐?"

"죄송합니다, 큰 회장님! 제니퍼가 선물한 차를 몰고 나갈 줄은……."

큰 회장님? 큰 회장님이라면 이만식 그 새끼일 것인데…….

날 죽이라고 시킨 놈.

그럼 여자는 며느리?

성산가 며느리 중 모르는 년 없다.

그런데 처음 듣는 목소리였다.

게다가 내가 입원했다고 이만식이가 며느리 대동하고 문병 와 의사에게 따진다는 것은 있을 수 없는 일.

혹시 그놈이 늘그막에 개과천선을 해서?

말도 안 되는 소리.

짐승이 되었으면 되었지…….

인간이 될 놈은 아니었다.

그리고 제니퍼는 또 누구일까?

어쨌든 난 차를 몰고 뉴스핫 정 PD를 만나러 가다가 교통사고를 당한 모양이었다.

안개가 짙었었다. 사고가 어떻게 나고 어떻게 수습이 되었는지 기억이 전혀 없었다.

그런데 가만히 생각해 보니 좀 이상했다.

왜 다들 영어로 말할까?

나도 이상했다. 내 히어링 실력이 아무리 높아도 저렇게 고난이도의 대화를 바로 알아들을 수 있는 정도는 아니었다.

그런데 다 이해가 된다.

야, 나두 영어가 된다.

그러나 지금은 그걸 기뻐할 때는 아니었다.

"난 우리 7대 독자 진이가 어떻게 된 줄 알고……. 크흐흑!"

"아버님! 죄송합니다. 정말 죄송합니다."

"흐흑! 아니다, 아니야. 네 잘못 아니야. 홧김에 미안하구나."

7대 독자? 우리 형제가 몇 명인데…….

확실히 나는 아니었다.

아마 다른 환자와 함께 있는 모양이었다.

나는 7대 독자 녀석이 어떤 놈인지 확인하고 싶었다.

요즘은 보기 드문 운명을 가지고 태어난 놈이다.

간신히 상체를 일으켰다. 어지러웠다.

머리를 만져 보니 붕대가 칭칭 감겨져 있다.

교통사고 때 머리를 다친 모양.

다른 곳은 이상이 없는 것 같았다.

병실을 둘러보았다. 지나치다 싶을 정도로 넓은 병실. 주변에 다른 침대가 없는 것으로 보아 1인실이 분명했다.

문득 지난 정권 말, 얼굴에 마스크를 뒤집어쓴 채 휠체어를 타고 성산병원 VIP 병동에 입원하던 이만식 회장이 떠오른다.

얼마나 엄살을 떨던지…….

그때 그 병실만큼 크고 넓었다.

유리벽 사이로 소파에 앉은 사람들이 보였다.

한 명의 노인과 40대 중반으로 보이는 여자.

여자는 미인이었다. 딱 봐도 관리깨나 받은 페이스.

그런데 이상한 것은 의사들이었다.

가운을 입은 의사가 둘. 둘 다 인도계로 보인다.

외국인 노동자가 많은 것은 알고 있었지만, 설마 의료계까지?

아니지, 어쩌면 이만식 회장이 돈 아끼려고 성산병원에 인도 의사를 데려다 놓았을 수도…….

그런데 간호사들은 좀 아니지 않나?

라틴계로 보이는 간호사와 흑인 간호사도 있었다.

여기가 성산병원이라면 이만식 회장이 날 VIP 병동에 입원시켰단 얘기인데…….

그게 말이 되나?

나는 가만히 다시 누워 지금까지의 상황을 정리하기 시작했다.

양평 별장을 나와 운전을 했다.

그리고…….

안개 속을 뚫고 무언가 거대한 것이 달려들었었는데…….

맞다. 생각을 하자 기억이 떠올랐다. 스카니아였다.

그다음은 기억이 잠시 끊겼다.

그리고…….

난 아스팔트에 널브러져 살려 달라고 누군가에게 애원하고 있었다.

내 손을 들어 올려 보는 놈.

'그러게 왜 엉겨? 설마 진짜 성산가 일원이 되었다고 착각했던 건 아니겠지?'

목소리가 기억나자 소름이 돋았다.

그럼… 내가 당한 건가?

"ㅎㅎㅎ!"

갑자기 웃음이 나왔다. 당한 것이 확실했다.

그런데 어쩌냐, 만식아?

나 여기 아직 살아 있거든.

난 이곳이 성산병원이라면 얼른 탈출하는 것이 우선 과제라는 생각이 들었다.

다행히 몸은 제대로 움직였다.

그리고 슬쩍 걸어 나가려는 찰나, 막 들어서려는 여자와 눈이 딱 마주쳤다.

"오 마이 갓! 진! Are you ok?"

괜찮냐고?

당연히 안 괜찮다.

그런데 이 여자는 누굴까?

난 반사적으로 여자에게 물어야 했다.

그러나 물은 것은 여자의 정체가 아니었다.

"Do you know… who I am?"

"으아앙! 앙앙!"

"와아아!"

짝짝짝!

펑펑!

이곳이 어디냐 하면 말이야.

그 이름도 유명한 존스 홉킨스 대학병원의 분만실.

바로 지금 내가 누워 있는 병원이기도 하지.

그런데 웬 함성이냐고?

물론 지금은 아니야.

25년 전, 바로 내가 태어나던 날 상황을 재현해 본 거야.

내가 태어난 게 무슨 대수냐고?

노노!

그건 정말 대단한 일이었어.

적어도 이 가문에서는 말이야.

이 가문은 유독 손이 귀하기로 이름났거든.

영조 말, 자식까지 뒤주에 가둬 죽인 이금(영조)이 말년 어느 날 무슨 바람이 불었는지 갑자기 잠행을 나갔어.

그리고 기방에 들른 거지.

마침 그때 기방에 동기 하나가 들어왔나 봐.

다음은 얘기 안 해도 알겠지?

동서고금을 막론하고 영계 좋아하지 않는 군왕은 없었거든.

노인네가 정력도 좋지. 미친 노인네.

사실 그 동기는 죽을 운명이었어. 제 자식 뒤주에 가둬 죽인 놈이 천한 기생을 살려 주려 했겠어?

근데 웬일이었을까…….

아무튼 인심 좀 썼나 봐. 어디 멀리 가서 목숨이라도 부지하라고 돈깨나 쥐여 주고 보낸 모양이야.

여기까지는 다 믿거나 말거나야.

사료에는 당연히 없고, 어떤 기록에도 없어.
그러니 괜히 조선왕조실록 같은 거 찾아보고 그러진 마.
아무튼 살아 보겠다고 이리저리 떠돌던 동기.
그만 아들을 출산한 거야.
그 아이가 바로 이 집안의 시조나 마찬가지.
근데 왕자인 이 아이는 권력에는 별로 관심이 없었나 봐.
여기저기 떠돌며 여행을 다녔대.
그러다 아메리카 대륙에 정착한 거야.
이것도 찾아보진 마.
최초의 한인 이민자는 다른 사람이니까.
그리고 쭉 눌러앉았대.
운은 좋았어. 자손 대대로 말이야.
인디언들 틈에서도 살아남고, 남북전쟁 때도 살아남고…….
그 험한 서부 총잡이들 사이에서도 살아남으며 돈을 벌었대.
엄청나게 벌었대.
돈 벌기에는 미국만 한 곳이 없지.
벌고 또 벌고…….
어쨌든 승승장구했대.
특히 1920년 이후로는 거의 신화적이야.
한때 유명했던 명동 사채업자 알지?
대한민국 돈 다 가졌다는 그분 말이야.

바로 이 가문이 뉴욕 최대의 사채업자였어.

1929년 미국 경제 공황 때 이 집에서 돈 안 빌린 놈 없었다나 봐.

정부까지 돈 빌리려 사정할 정도였대.

당연히 연줄도 엄청 생겨났겠지?

뭐 하나 아쉬울 게 없는 집구석이 된 거지.

그런데 딱 하나 걸리는 게 있었어.

바로 손이 귀하다는 것.

그래도 한 나라의 임금을 조상으로 둔 로열패밀리이니, 막 섞어 가며 씨를 뿌릴 수는 없고…….

곧 죽어도 조선 사람 찾아 혼인을 시켰는데, 자손은 늘 달랑 아들 하나였다네.

그렇게 7대까지 흘러온 거지.

얼마나 후사에 목을 맸으면…….

대학병원에서 손자 태어났다고 폭죽 터트리며 저 지랄을 했겠냐고.

그런데 남의 집 이야기를 왜 이렇게 상세하게 하냐고?

그래, 바로 나야.

박주운으로 개처럼 살다가 죽은 나.

내가 바로 이 집안의 7대 독자로 태어난 거지.

그러나 세상사가 늘 그래.

복이 있으면 화도 있는 법이지.

내가 태어난 그날, 너무 기쁜 나머지 두바이에서 자가용 비행기로 죽자고 달려오던 아버지 이훈.

그만 불의의 사고로 태평양 한가운데서 추락하셨다네?

비운의 왕자 아닌 왕자가 된 거지.

그럼에도 불구하고 할아버지는 애라도 낳고 죽어서 다행이라고 기뻐했다나 뭐라나?

어쨌든 난 환생한 거야.

이름은 이진.

영어로는 Jean Lee.

무슨 청바지 이름도 아니고…….

그게 지금 바로 나야.

일주일이 지나면서 이진은 상황을 파악할 수 있었다.

환생이었다.

게다가 신은 해리성 기억상실증이라는 합당한 병증까지 선사하는 친절을 마다하지 않았다.

'신은 날 왜 이 자리에 있게 한 것일까?'

아무리 생각해 봐도 그건 알 수 없는 일이었다.

살아가다 보면 그 의미가 드러나지 않을까?

"이제 가문의 역사에 대해서는 대체적으로 설명을 드렸

고요. 쉬었다가 할까요?"

 침대 곁에 앉은 미모의 금발 여자, 이름은 메리 앤이다.

 키가 178센티미터에 몸무게는 대략 60킬로그램 정도 되겠다.

 할리우드 여배우라고 해도 믿을 만한 미모를 지녔다.

 몸에서 달콤한 향기가 난다.

 악처 이서경의 거기에선 생선 썩는 냄새가 났었다.

 여인의 향기가 숨소리를 타고 일주일 넘게 계속해서 풍겨져 오니 계속 불끈불끈.

 나이가 어려서 그런가? 심지어 어지럽기까지 했다.

 메리 앤은 테라 가문의 양녀로 이진과 3살 때부터 함께 자랐다.

 이진보다 3살이 많다. 그럼에도 존댓말을 쓰는 이유는 이진이 테라의 후계자이자 부회장이기 때문.

 이사는 해 봤어도 부회장은 처음이다.

"계속하자."

"예, 부회장님!"

 메리 앤이 다시 설명을 시작했다.

"전대 회장님 사고 이후 어쩔 수 없이 어머니 회장님이 경영에 나서셨어요."

"할아버지는 왜 안 하고?"

 할아버지는 정정해 보였다. 그럼에도 병원에 와서는 만나

보지도 않고 밖에서만 있다가 갔다.

의아한 일이었지만 지금은 그게 급한 게 아니었다.

"이미 일을 손에서 놓으신 지 오래되셔서……. 기업화되면서 많은 것이 달라졌거든요."

흠, 말이 좋아 금융업이지, 사채업자였던 할아버지.

그러나 아버지 이훈은 좀 달랐던 모양.

6대에 걸쳐 쌓아 온 자금으로 '테라 에셋 홀딩스'라는 투자 회사를 창립했단다.

그랬던 아버지 이훈이 갑자기 죽자 어쩔 수 없이 어머니 데보라 킴이 경영에 나선 것.

"알려진 것과는 다르게 어머니 회장님은 포트폴리오를 안전하게 유지하시는 데 집중하셨어요."

"그래?"

"예. 그게 전내 회장님의 유지이기도 했고요."

"그리고?"

다시 묻자 뒤를 돌아보는 메리 앤.

아무도 없는데도 누가 있나 살핀다.

병실 밖으로는 다시 응접실이 있다.

그리고 밖에는 타이슨처럼 생겨 먹은 테라 보안요원들이 24시간 외부인을 통제한다. 금속 탐지기까지 들고 말이다.

거기다 매일 보안 점검까지 받는데도 창문 밖까지 살폈다.

신중하고 주도면밀한 여자였다.

그러나 역시 가장 좋은 건 아름답다는 것.
"큰 회장님께서는 뭔가 석연치 않다고 생각하셨거든요."
"뭐가?"
"전대 회장님 사고요."
"아하? 그래서 일단 사업을 확장하기보다는 안정을 도모했다? 혹시 모를 상황에 대비해서 말이지?"
"앱솔루트리!"
비행기 사고로 죽었는데 미 항공조사위원회에서 원인을 밝히지 못했다고 했다.
물론 비행기 동체도, 심지어 시체도 못 건졌으니 당연한 일.
테라 가문의 슬픈 비하인드 스토리다.
그래서 지금 병실 보안도 그렇게나 강화하고 있는지도 모를 일이었다.
드러나지 않은 위협이 있을까 봐 말이다.
이건 가진 자들이 공통으로 겪는 일종의 딜레마다.
그러나 돌파하는 방법은 각기 다르다.
성산 이만식 회장은 뇌물과 음모를 주 무기로 돌파했다.
한데 이 집은 아닌 모양.
"오케이! 계속해."
"이번 사고도 좀 의심스러워요. 아직 추돌하고 도주한 트럭을 찾지 못했거든요."
"그건 그렇다 치고……."

메리 앤은 얼른 표정을 바꾸더니 다른 설명을 시작했다.

"이후 부회장님은 저와 함께 이스트사이드 저택에서 15살까지 자라셨고……."

"나도 알아. 허드슨 강가잖아?"

"기억나세요?"

기억나긴……. 이미 몇 번째 듣는 설명이니 아는 거지.

기억과 아는 것은 전혀 감이 달랐다.

황급히 변명을 해야 했다.

"그냥 좀……."

"다행이에요, 정말!"

메리 앤은 감격스러운지 눈물까지 한 방울 만들어 냈다. 아마도 무언가 기억이 조금씩 되살아난다고 여기는 모양이다.

하지만 사실 이진은 아무것도 기억하지 못했다.

전생은 또렷하다.

그러나 현생은 아니다.

단지 5개 국어를 유창하게 할 수 있다는 것과 많은 금융 지식을 가지고 있다는 것 정도. 그리고 25살의 젊은 나이라는 것 외에는 딱히 기억난다고 할 만한 것은 없었다.

"좀 쉬었다 할까?"

"아니요. 기억난 김에 얼른 더 해야죠. 이후 옥스퍼드를 15살에 입학, 18살에 졸업하셨어요."

"천재네?"

"푸훗! 자화자찬은 기억상실증도 이겨 내는 모양이네요."

메리 앤이 웃음을 참지 못하며 내게 말했다.

자화자찬이라?

"내가 자화자찬을 해?"

"늘 하시잖아요. 내가 진리다, 이러시면서……."

어지간히도 유치한 장난을 해 댄 모양이었다.

그럼에도 메리 앤의 얼굴에서는 따뜻함이 느껴진다. 전에는 어느 가족들에게서도 느껴 보지 못한 그런 느낌이었다.

친가 쪽은 사정도 모르면서 늘 뭐 얻어먹을 것 없나 개떼처럼 달려들었다.

그리고 처가에서는 사람대접 못 받았다.

그런데 이번에는 아니다.

7대 독자. 걸리는 것도 없고, 친족도 그리 많지 않았다.

그게 마음에 들었다.

메리 앤이 계속 설명을 했다.

"이후 부회장님은 테라 경영에 뛰어들었어요."

"내가?"

"…예. 다들 어머니 회장님이 하셨다고 알고 있지만 사실은 부회장님이 그때부터 CEO나 다름없으셨죠."

"뭘 어떻게 했는데?"

"재산을 기하급수적으로 늘리셨죠. 조상님들의 목표가

이루어지고도 한참 넘었어요."

"우리 조상들 목표가 뭐였는데?"

"테라잖아요. 1조요."

맞다. 테라는 10의 12승. 정확히 1조다.

그런데 원이 아닌 달러.

그 목표가 달성되었다면 재산은 적어도 1,200조 원.

"사실 테라는 언더커버였죠. 그러나 전대 회장님과 부회장님이 테라를 명실상부한 세계적 금융 회사로 만드셨어요."

"세계적이라……."

잘못 들은 건 아닐까?

그 정도라면 이미 세간에 널리 알려졌어야 하거늘…….

테라라는 회사는 전생에서 들어 본 적이 없다.

"분명한 건 우리 테라는 0.1퍼센트의 0.1퍼센트예요."

0.1퍼센트의 0.1퍼센트라…….

그게 어떤 의미일까?

당장 피부로 와 닿는 것은 없었다.

단지 성산보다 많으면 더 기쁠 것 같았다.

하지만 그렇게 재산이 많은데 알려진 것이 없다는 게 걸린다.

"혹시 우리 집안이 어두운 쪽이야?"

"예?"

어두운 쪽이면 좀 곤란하다. 더는 어둡게 살고 싶지는 않왔다.

"그러니까 뭐 밖에 대놓고 알릴 만한 그런 사업이 아니었냐고?"

"호호호! 말씀드렸잖아요. 조상 대대로 언더커버였어요. 저도 자세한 것은 몰라요. 큰 회장님만 아시죠."

언더커버. 어둡고 내밀하다는 뜻.

아무려면 어때?

솔직히 유명해지고 싶은 마음 같은 건 없었다.

그래 봐야 돌아오는 건 질시와 음모뿐.

아무튼 모든 것이 만족스럽다.

슬쩍 거울을 바라봤다.

육체적으로도 환상적이다. 반곱슬머리에 잘생긴 얼굴. 키 180센티미터, 70킬로그램의 완벽한 몸을 지녔다.

그뿐만이 아니다. 가장 이상적인 코스를 거치며 쌓은 지식들.

나이가 어린 것이 흠이라면 흠.

그러나······.

전생에서 개처럼 굴러먹으며 몸에 밴 노련한 처세술이 있다. 이보다 더 좋을 수는 없었다.

게다가 헬조선도 아니다.

조국을 미워하냐고?

살짝 그렇다. 개 같은 놈들이 개 같은 짓들로 돈 벌어도 떵떵거리는 곳이니까.

할 수만 있다면 다 처발라 주고 싶다.

그러나 증오까지는 아니다.

그래도 내 조국인데…….

아무튼 이건 완벽하다 못해 미쳤다.

미친 환생인 것이다.

형제자매도 없다. 나 혼자 잘 먹고 잘살아도 되는, 그런 완벽한 환경에서 태어난 것이다.

"무슨 생각을 그렇게 하세요?"

"아! 하도 내가 잘생겨서……."

"나르시시즘도 여전하시고……. 부회장님 맞으시네요. 호호호!"

부회장님 맞다는 말에 이진은 가슴이 철렁했다.

그러고는 스스로 어이가 없었다.

어차피 내가 이진이거늘.

"그래서? 1조 달성했대?"

마치 남의 말 하는 것처럼 이진은 물었다.

그러자 메리 앤은 웃었다.

"재산에 대해 정확히 아는 분은 큰 회장님뿐이세요."

"할아버지만? 엄마는……."

"어머니 회장님도 정확히는 모르실 거예요."

그럼 결국 할아버지가 실세라는 얘기다.

'친하지 않은 것 같던데……'

그렇지 않고서야 왜 얼굴도 보지 않고 그냥 가 버렸겠는가?

"내가 할아버지랑 안 친해?"

"……"

처음으로 메리 앤이 대답을 하지 못했다. 뭔가 있는 것이 분명했다.

이진은 차분하게 다시 물었다.

"괜찮아. 어차피 나 기억도 못하는데, 뭐."

"…부회장님!"

그런데도 망설인다.

이진은 다시 부드럽게 재촉했다. 중요한 문제로 보인다. 적어도 재산을 다 차지하려면 말이다.

"괜찮대도? 나 알고 싶어."

"그럼 객관적인 사실만 말씀드릴게요."

다시 달래고 나서야 메리 앤이 입을 열었다.

"아주 친하셨죠. 엄하신 분이지만 부회장님을 세상 무엇보다 사랑하셨고 지금도 그러세요."

"그런데?"

"문제는 부회장님께서 옥스퍼드를 졸업할 무렵에 생겼어요."

"무슨 문제?"

"…샤롤 기억나세요?"

처음 듣는 이름이다. 외국인이라고 해 봐야 성산에서 어쩌다 만난 거래처 사람이 전부.

메리 앤이 나직하게 말했다.

"옥스퍼드에서 만난 프랑스 여자분이에요. 첫사랑이셨죠."

"그래?"

난 또 뭐라고?

이진은 시큰둥했다. 남자들은 첫사랑을 가슴에 묻어 두고 산다. 그러나 지금 이진의 첫사랑은 샤롤이 아니었다.

표정을 재빨리 살핀 메리 앤.

"그걸 큰 회장님이 아시게 되셨어요."

"아하?"

반대했을 것이다. 조선 왕족이라고 우기는 로열패밀리 노인이 용납할 사안은 아니었을 것.

"난리가 났죠. 큰 회장님께서 곧바로 옥스퍼드 카운티로 날아가셨죠. 그리고 두 분이 크게 다투셨어요."

"누가 이겼는데?"

메리 앤이 살짝 노려본다. 농담하지 말라는 제스처다.

이진은 턱을 돌리며 딴청을 부렸다.

"처음이었어요. 큰 회장님이 그렇게 부회장님께 화를 내신 것도, 부회장님이 큰 회장님을 거역한 것도……."

"그랬군."

이전에는 사이가 좋았나 보다.

역시 여자가 요물.

이서경 때문에 망친 파란만장한 인생이 주마등처럼 스쳐 지나간다.

그때 버닝문만 가지 않았어도…….

"어렸을 때 부회장님이 잘못하면 제가 대신 벌 받도록 되어 있던 거 기억나세요?"

"뭐라고?"

이건 뭔 소리일까? 놀라지 않을 수 없었다.

그러나 곧 이해가 갔다.

조선 시대 때 쓰던 수법이다. 차마 왕족이니 때릴 수는 없고 대신 다른 누군가를 매우 쳐 경고를 하는 것.

그런 악습까지 따라 하다니…….

어이가 없었다.

"많이 맞았어?"

"훗! 한 번이었어요. 제가 종아리 맞은 다음 날, 부회장님이 저한테 그러셨어요."

"뭐라고?"

"다시는 메리가 매 맞게 할 일 없을 거라고……."

메리 앤의 눈에 눈물이 그렁그렁했다.

"그래서?"

"정말 그러셨어요. 이후로는 단 한 번도 잘못이란 걸 저지르지 않았죠. 그런데 샤롤 때는……."

"그랬군. 그래서 할아버지랑 사이가 안 좋은 거군. 샤롤은 어떻게 됐는데?"

궁금하지 않을 수 없었다.

이 몸이 사랑했던 첫사랑이라니 말이다.

"결혼하겠다며 대놓고 대드셨어요. 큰 회장님도 물러서지 않으셨고요."

"그래서?"

"그런데 그다음 날 사고가 터진 거예요."

"사고?"

"예. 샤롤이 교통사고로 죽었어요."

아…….

무슨 교통사고가 이렇게 자주 날까?

어쨌든 안타깝긴 했다.

어쩌면 이진은 그 사고를 할아버지가 꾸민 일이라고 여겼을 수도 있었다. 그래서 사이가 안 좋아진 것이고.

그 예상은 맞았다.

"부회장님은 그 일로 큰 회장님을 원망하셨어요. 그때부터 얼굴도 마주하지 않으셨죠."

"메리는 어떻게 생각해?"

"뭐, 뭘요?"

"정말 할아버지가 샤롤을 죽였을까?"

"무슨 말도 안 되는……. Honor, Respect! 기억 안 나세요?"

명예와 존중이라…….

당연히 기억 안 난다.
좋은 말이긴 하지만 그런 걸 생각해 본 적이 없다.
아무튼 메리 앤은 손사래를 쳤다.
이진도 같은 생각이었다. 그러나 아마 예전 이진은 그렇게 생각하지 않았던 것 같다.
아무리 똑똑해도 한창때인 낭랑 18세였으니…….
눈에 뵈는 것이 없었을 것이다.
할아버지와의 관계를 회복하는 것이 급선무로 보인다.
그래야 온전하게 재산을 물려받을 테니까.
다음으로 넘어가야 했다.
"내 사고 말이야……."
이진은 넌지시 이번 사고에 대해 물었다.
메리 앤이 냉큼 대답했다.
"의심스러운 사고였죠. 평소 부회장님은 직접 운전을 안 하세요."
"면허증이 없나?"
"그럴 리가요. 어머니 회장님은 교통사고에 대해 굉장히 민감하세요. 부회장님도 마찬가지죠."
그럴 만도 했다. 끊이지 않는 사고는 딜레마로 남았을 것이다.
"그런데 왜 운전을 한 거야?"
"그게 의문이죠. 제니퍼 때문이 아닐까요?"

"제니퍼?"

"그날 타고 나가신 차가 제니퍼가 선물한 페라리잖아요."

메리 앤이 서류를 뒤적거리며 설명을 이어 나갔다.

"맨해튼 다리에서……. 스카니아 트럭이 뒤에서 페라리를 추돌했어요."

"운전자는 잡았어?"

"아니요. 도주했어요. 미등록 차량이에요. 게다가 맨해튼에는 21톤이 넘는 트럭이 진입할 수 없거든요."

"그래?"

참 이상한 일이었다.

북한강을 끼고 펼쳐진 강변도로에서 자신을 덮친 차도 스카니아.

우연일까?

"그러고 보니……."

서류를 뒤적거리던 메리 앤이 말꼬리를 흐린다.

"뭔데?"

"…샤롤의 사고도 스카니아였네요. 운전자는 현장에서 즉사했고요."

염병할 스카니아네.

무슨 연관이 있을까?

"아무튼 전담 팀을 꾸려서 조사에 착수했어요."

"뭐 그렇게까지……."

"어머니 회장님 지시세요. 뉴욕 경찰도 믿을 수가 없으시다면서……."

미국 항공조사위원회도 못 믿는 데보라 킴이 뉴욕 경찰을 믿는다는 것은 불가능했을 것. 내 어머니가 된 데보라 킴은 혹시 모를 일을 걱정하는 모양이었다.

남편이 비행기 사고로 죽었는데 원인은 밝혀내지 못했다.

아들이 사귀던 여자도 교통사고로 죽었다.

그리고 아들도 교통사고를 당했는데 가해자를 찾지 못했다면?

객관적인 증거가 없어도 심정적으로 무언가 의심해 볼 만한 일이긴 하다.

그러나 걱정할 것은 없었다.

아들은 예전 그 아들이 아니었으니까.

하루하루 지나면서 모든 것이 익숙해지기 시작했다.

그렇게 한 달을 존스 홉킨스 대학병원에서 지내게 되었다.

싫어하는 일도 계속하면 몸에 배고 익숙해진다.

대부분의 사람들은 그렇게 산다.

화를 내면서도 계속한다.

이렇게는 살기 싫다고 아우성을 치면서도 그렇게 산다.

무서운 사실이다.

박주운이 그랬다. 몸부림을 쳤지만 결국 벗어나지 못했다.

그러나 이진은 아니었다.

자유의 여신상을 물끄러미 바라보며 도착한 곳은 미드타운 포시즌스 호텔이었다.

이진이 평소 사는 곳은 놀랍게도 '타이 워너 펜트하우스 스위트'라 불리는 곳.

달방 산다. 하룻밤 숙박비가 한화로 4,000만 원이 넘는 곳에 달방이라니?

성산에서 지내며 재벌이란 재벌들을 다 경험해 봤다고 생각했는데, 테라는 차원이 달랐다.

0.1퍼센트의 0.1퍼센트란 말이 실감이 났다.

명동 사채업자가 어음 깡 안 해 주면 도산할 대한민국 대기업들이 한둘이 아닐 것이라는 소문이 나돈 적이 있었다.

테라가 그랬다.

당연하다 여기면서도 과하다 싶었다.

어쨌든 호텔 지배인의 안내를 받으며 이진은 숙소에 들어갔다. 메이드들은 모두 테라에서 직접 고용했단다.

"제니퍼 로렌이 평균 하루에 30통씩 전화했어요."

"스토커야?"

"부회장님이 그렇게 만드셔 놓고······."

메리 앤이 눈을 흘긴다.

난 그런 적 없다.

제니퍼 로렌은 이진이 생각했던 그 여배우 맞다.

곧 헝그리 게임이란 영화에 캐스팅되어 대박이 날 것이다.

이진이 지금 있는 시점은 참 애매했다.

2006년이었다. 기쁘면서도 아쉬운 시점이 아닐 수 없었다.

기쁜 이유는 10년 이상의 미래를 알고 있다는 것이다.

슬픈 이유는 더 이전으로 환생해 이서경과 이만식 회장에게 들이대지 못한다는 것이었다.

소주가 생각났다. 처음처럼.

"전화해 보시겠어요?"

"No!"

이진은 단호하게 거절했다.

메리 앤은 의외라는 표정이었다.

지금은 연애질이나 하고 있을 때가 아니었다. 무엇보다 상황을 제대로 파악해야 했다.

"다시 한 번 등장인물들 브리핑 좀 하자."

"등장인물이요?"

"응! 내 인생 영화에 나왔던 주연 및 조연들 말이야."

"풋! 그러죠."

메리 앤은 지치지도 않고 설명을 했다.

이유(李濡).

할아버지이고 큰 회장님으로 불린다.

올해 여든셋. 건강이 그다지 좋지 않아 지금은 이스트사이드 저택에서만 지낸다.

아직까지는 테라의 실권을 쥐고 있다.

데보라 킴. 한인 교포 2세.

어머니다.

마흔 여섯인데 보기에는 40대 초반도 안 되어 보인다.

만약 박주운의 몸으로 만났다면 들이대고도 남을 만한 미모.

하지만 그렇게 간단한 여자는 아니다.

별명이 '월 스트리트의 대처'.

전 영국 수상 마가렛 대처를 빗대어 만들어진 별명이다.

이진을 낳고 단 하루도 지나지 않아 사고 수습과 경영 일선에 나섰다.

메리 앤.

나이는 스물여덟.

프린스턴에서 통계학을 전공했다. 이진과 친형제처럼 자랐고 가장 친한 우군이자 수행비서 역할.

직함은 비서실장이자 이사다.

안나 송.

유모이자 이진 아버지의 비서실장.

이훈에게 있어 메리 앤과 같은 존재였다.

한국 한영그룹 회장의 여동생인데 교류는 거의 없단다.

이진에게는 데보라 킴과 더불어 친엄마 같은 존재다.

이진과 메리 앤을 15살 때까지 양육하고 교육시켰다.

이 네 사람이 가족이다. 간단하고 명료했다. 먹여 살릴 일가친척 없어 좋았다.

그다음은 가신으로 불리는 4인방이다.

오경석 이사.

테라 가문의 집사이자 할아버지의 오른팔이다.

경영에도 관여해 이사 직함을 달고 있다.

장쑤원.

중국계 미국인으로 역시 이사다.

아시아 태평양 쪽 일을 주로 관장한다.

와타나베 다카기.

일본인으로 내각 조사실 출신.

주로 어두운 쪽 조사를 담당한다.

마이클 에반.

순수 백인이고 변호사다. 민주당과 공화당을 들락거린다. 로펌을 소유하고 있고, 테라 집안의 모든 법률문제를 책임진다.

이 넷이 외적으로는 가장 영향력이 있는 인물들이었다.

그 외에도 알아야 할 사람들은 많았지만 중요도는 떨어졌다.

메리 앤의 설명을 듣다 보니 어느덧 저녁 시간이 되었다.

"오늘은 여기까지 하자. 내일은 사무실에 출근을 할게."
"예, 부회장님! 그리고……."
메리 앤이 뭘 묻는 것인지 이진은 곧바로 눈치챘다.
바로 할아버지를 뵐 것이냐고 묻는 것.
"어린 내가 져 드려야지. 주말에 할아버지 뵙고 사죄드릴 거야."
"정말 잘 생각하셨어요. 기뻐하실 거예요."
메리 앤은 이진의 말에 울기까지 하면서 좋아했다.
"그럼 주말에 다 같이 이스트사이드 저택에서 뵈면 되겠네요."
"그러자."
"그렇게 일정 조정해 놓을게요. 그럼 내일 뵈어요. 굿나잇!"
메리 앤이 인사를 하고 돌아섰다.
무언가 괜히 아쉽다. 한 달 동안 붙어 지냈더니 정이라도 든 것일까?
주변에 아무도 없자 이진은 일단 목욕을 하기로 했다.
1분 만에 욕조에 물이 차 넘친다.
시간도 돈으로 사는구나 싶다.
그런 면에서 볼 때 박주운은 정말 한심하게 살았다.
고작 성산 이사 자리를 지키려고 말이다.
'난 이제 박주운이 아니야.'
이진은 그렇게 되뇌었다.

거울 앞에 선 자신의 모습. 아직은 그다지 익숙하지 않다. 그러나 이제는 인정하고 받아들여야 한다.

"Do you know who I am?"

이진은 거울 속의 자신을 향해 그렇게 물었다.

그리고 스스로 대답했다.

"My name is Jean Lee."

묻고 답하기가 수차례 이어졌다. 그러자 비로소 자신이 이진이 되었다는 것이 실감이 나는 것 같았다.

그렇게 이진은 잠을 청했다.

Money Never Sleeps(돈은 결코 잠들지 않는다).

영화 월 스트리트에 나온 대사다.

그리고 이진의 자명종 소리였다.

이놈은 보통 놈이 아니다.

18살 이후, 할아버지와 사이가 틀어지면서 삐뚤어진 것은 분명했다. 돈을 물 쓰듯 쓰고 다녔고, 여자관계도 복잡했다.

그래서 할아버지에게 개망나니 같은 놈이란 소리까지 들었단다.

로열패밀리가 양년들 상대로 놀아난다고 대노하셨단다.

소문도 그랬고 실제로도 그랬다.

살짝 걱정이 되었다.

'설마 마약까지 하고 다닌 건 아니겠지?'

그러나 몸에 주사 자국이 없는 것으로 볼 때 그런 건 아닌 것 같았다.

생활이 확증을 준다.

개망나니 주제에 아주 계획적인 일정에 따라 산다.

일도 열심히 한다. 그러나 할아버지의 제안은 거의 묵살하다시피 하면서 문제를 일으키곤 했다.

누구에게도 살갑게 대하지 않았다. 메리 앤에게도 싸늘하긴 마찬가지였단다.

잔인하다 싶을 정도로 상대를 밟는 것으로 악명이 높다.

피도 눈물도 없는 놈이란 소리를 들었단다.

그래서 회사에서 직원들이 붙인 별명은 Grim Reaper(저승사자).

'내가 무디스도 아니고……'

말도 그랬고 행동도 그랬다.

그러나 지금 이진은 예전의 그 이진이 아니었다.

정확히 AM 05:00에 기상했다.

요상한 자명종 소리를 들으면서.

자명종 소리가 멈추자 곧바로 누군가 룸 안으로 들어왔다.

대략 30대로 보이는 백인 여자.

"굿모닝, 써?"

"하이, 멜."

명상 선생인 멜이다.

메리 앤이 아침 일정을 알려 주어 당황하지는 않았다.

멜은 아침마다 와서 함께 명상 프로그램을 진행하고 간다.

'같이 잔 건 아니겠지?'

핑크색 민소매 사이로 드러난 풍만한 젖가슴이 시야를 어지럽힌다.

그러나 아닌 모양. 다른 건 안 하고 명상만 했다.

적응이 안 돼서 그런지 불끈거리긴 마찬가지.

이진은 난생처음 해 보는 명상을 곧잘 따라 했다.

명상이 끝나자 아침 식사가 들어왔다.

간단한 샐러드에 계란 프라이가 전부.

볼품없는 식단임에도 세팅 때문인지 고급스러워 보였다.

식사가 끝나자 이어서 메이드들이 들어와 옷을 챙겨 놓고 나갔다.

이진(李眞)이라는 한자 이름이 안주머니에 금색 실로 새겨진 고급 슈트. 옷은 몸과 어울려 완벽한 핏을 연출해 냈다.

로열패밀리다운 옷이었다.

다 입자 득달같이 메리 앤이 도착했다.

"굿모닝, 써!"

"굿모닝, 메리!"

약간은 어색한 인사. 집안사람들끼리는 한국말을 쓰지만 회사에서는 영어를 쓴다.

메리 앤이 손으로 문을 가리키며 말했다.

"그럼 가실까요?"

"오케이, 가자!"

제2장

빨간 펜

재벌집 망나니
7대독자

　포시즌스 호텔에서 테라 빌딩까지 교통 흐름은 원활했다.
　크라이슬러 방탄차 안에서 메리 앤과 마주 본 지 10분 만에 테라 빌딩 앞에 도착했다.
　차에서 내린 이진은 내심 실망스러웠다.
　심지어 0.1퍼센트의 0.1퍼센트라는 말이 거짓말이냐고 묻고 싶었다.
　거대한 마천루들 사이에 끼어 있는 15층짜리 낡고 초라한 건물.
　좀 과장하면 당장 쓰러질 것처럼 보인다.
　이만식 개새끼네 성산 사옥은 자그마치 건물만 3개 동에 층수가 50층이나 되는데…….

문이 열리자 뒤따라온 경호 차량에서 가드들이 우르르 쏟아져 나왔다.

건물 안으로 들어가자 더 실망해야 했다.

층별 입주자를 표시하는 안내판.

14층 테라 글로벌 에셋 홀딩스. 한 층만 쓰는 모양이다.

'다 뻥인가?'

메리 앤이 엘리베이터로 안내했다. 그리고 곧바로 입술을 귓가에 들이댄다.

아, 달콤한 입술.

"잘 기억 안 나시죠?"

"응!"

"14층하고 15층만 우리 회사고 나머지는 임대 줬어요."

"그래?"

기대보다 낮은 결과에 이진의 대답은 시큰둥했다.

엘리베이터는 별도. 14층 버튼만 있었다.

메리 앤이 다시 속삭였다.

"저기… 직원들한테 너무 살갑게 대하시면……."

"응?"

"갑자기 너무 달라지셔서 저도 사실 좀 당황스러웠어요."

아! 그림 리퍼! 저승사자였지?

표가 나도 너무 난다는 뜻이다.

그런데도 물어야 했다.

"내가 어땠는데?"
"눈 마주치는 거 싫어하셨고, 인사도 받지 않으셨어요. 하실 말만 딱 하셨다고 보시면……."
"싸가지가 바가지였나 보네."
"예?"
한국말을 곧잘 하는 메리 앤도 싸가지가 바가지란 말은 알아듣지 못했다.
"그러니까 사람이 너무 달라져 직원들이 당황할 수도 있단 말이지?"
"예. 천천히 기억 챙겨 가시면서……."
"그래. 그러자."
대답은 그렇게 했지만, 꼭 그럴 필요는 없을 것 같았다.
이건 신의 뜻일 테니까.
엘리베이터가 14층에 멈춰 문이 열리자 테라 사무실 전경이 드러났다.
화려하진 않았지만 온화하게 느껴졌다.
흰색 블레이저를 입은 금발 1호와 2호가 동시에 일어나 인사를 했다.
"굿모닝, 써!"
이진은 고개만 까딱했다.
14층 중앙에 위치한 계단. 그곳을 통해 15층으로 올라갔다.
밖에서 볼 때는 낡은 건물이었는데 내부는 신선했다.

14층은 팀별 업무 공간, 15층은 각종 회의실, 접견실, 그리고 비서실과 이진의 오피스였다.

14층은 온화한 반면, 15층은 인테리어 자체가 싸늘했다.

마치 존스 홉킨스 병원을 방불케 한다.

가죽 소파를 제외하고는 모두 흰색. 책상도 의자도 그랬다.

"차갑네."

"직접 고르신 건데요. 바꿀까요?"

메리 앤이 묻는다.

"그래. 따뜻하고 온화하게……."

"…바로 조치할게요."

이진은 소파에 앉았다.

그러자 메리 앤이 브리핑을 시작했다.

"오늘 일정 간단하게 설명 드릴게요."

"그래."

"입원하시는 바람에 월례 회의를 걸렀어요. 회의실에 대기 중이에요."

"또?"

"밀린 미팅이 여러 건 있어요. 가장 급한 것부터 진행할까요?"

"……."

이진은 바로 대답하지 못했다.

지금 들이대도 괜찮을까?

일단은 좀 더 시간을 가져 보는 게 나을 것 같았다.

"제일 중요한 걸로 하루에 한 건씩만 가자. 급하지 않은 건 메리가 좀 처리해 주고."

"…예. 서두르시지 않는 게 좋을 것 같아요. 그럼 회의부터?"

"오케이!"

이진은 엉덩이를 소파에서 바로 떼야 했다.

회의실에 들어가자 'Are you OK?'가 쏟아져 나왔다.

"I'm OK. How are you everybody?"

메리 앤이 눈짓을 한다. 평소 안 하던 짓이란 뜻.

이진은 얼른 의자에 앉았다.

병원에서 메리 앤이 사진을 곁들여 설명해 준 덕에 누가 누구인지 바로 파악할 수 있었다.

테라 가문의 집사장인 오경석 이사도 참석해 있었다.

"할아버지는 어떠세요?"

"걱정이 많으셨지만 완쾌하셨다는 소식에 안심하고 계십니다."

"다행이네요."

이진은 오경석 이사와 가장 먼저 인사를 나누고 입을 다물었다.

30대 후반으로 보이는 여자가 PPT 화면을 띄우며 일어섰다.

"국내 부동산 동향을 보고드리겠습니다."

블라이스와 존 미첨.

이 둘이 여기서는 실무 담당자로 보였다.

중요 인물에는 빠져 있었다.

메리 앤이 바짝 붙어 입술을 귀에 들이대며 속삭였다.

"블라이스 브로코비치입니다."

"시원시원하게 생기셨네. 그래요. 시작합시다."

"흠! 시작하죠."

메리 앤이 헛기침으로 주의를 준다.

"예, 부회장님! 지난 한 달 동안 보유 부동산은 총 13.4퍼센트의 평가 이익을 기록했습니다."

13.4퍼센트? 한 달 수익률이 그 정도라면 대단한 실적이 아닐 수 없었다.

흔히들 10퍼센트, 20퍼센트면 별것 아니라고들 여긴다.

그러나 실제 세계적 Top 투자자들이라 해도 연간 수익률 20퍼센트를 넘기기는 쉽지 않다.

"월세 수익률은 예전과 동일합니다. 수익률이 떨어진 것은 라스베이거스와 LA 호텔로 마이너스 0.04퍼센트를 기록했습니다."

"흠! 그럼 이익 본 부동산은 뭔데요?"

"예? 그야 당연히 건물 평가 이익입니다만……."

모두의 의아한 표정.

당연한 걸 왜 묻는지 궁금한 표정들이었다.

이진은 일단 시치미를 딱 뗐다.

그러나 일어나 춤이라도 추고 싶은 심정이었다.

호텔도 있는 모양이네. 사옥이 초라해서 실망했는데.

너무 좋아하는 티는 내지 말자는 생각이 들었다.

"계속합시다."

"예. 부동산 수익률이 계속 상승하는 추세입니다. 이미 초기 설정 목표치를 상회하고 있습니다."

"……."

이진이 입을 다물고 있자 메리 앤이 얼른 나섰다.

"계속 유지를 해도 괜찮겠군요."

"예. 그렇습니다. 오히려 확장을 고려해 보실 것을 제안드립니다."

블라이스가 화사하게 웃으며 대답했다.

얼굴에서 자긍심이 느껴진다.

"저도 그렇게 생각합니다. 현재 시장 환경으로 볼 때 부동산 수익률만큼 확실한 것이 없습니다. 확장하시는 게……."

마이클 에반.

법무 이사쯤 되겠다.

곧바로 블라이스의 제안에 힘을 싣고 나섰다.

"왜요?"

이진이 물었다.

잠깐 당황해하는 듯 보이는 마이클 에반.

"세금 문제를 상당 부분 만회할 수 있습니다. 주택 자금에 대해 백악관은 관대한 세금 정책을 취하고 있습니다."

메리 앤이 이진을 보며 고개를 끄덕인다. 맞는 말이란 뜻이다.

다들 반응이 같았다.

하지만 이진은 달랐다. 상세한 것까지는 모른다. 하지만 미국 주택 시장은 금방 무너질 것.

뭘 어떻게 대처해야 할지는 당장 결정할 수는 없다.

하지만 일단 확장은 곤란했다. 그렇다고 여기서 다른 주장을 강력하게 피력할 수도 없었다.

"국내 부동산은 블라이스가 다 담당이죠?"

"예. 그렇습니다."

의아한 표정으로 보는 블라이스.

메리 앤도 마찬가지다.

"일단 부동산 목록을 다시 한 번 점검해 봅시다. 신속하게 검토한 후 확장 여부를 정하죠."

"예. 돌다리도 두드려 보고 건너야죠. 오케이?"

메리 앤이 이진의 말에 힘을 실었다.

까짓 검토한다는 데야……. 다들 동의하는 눈치다.

"준비하겠습니다, 부회장님!"

블라이스가 마침표를 찍었다.

준비해야 할 정도로 부동산이 많다는 뜻일 것.

전생에서는 그것도 차명으로 된 양평 별장 하나가 전부였는데…….

이진은 다시 입을 열었다.

"다음 갑시다."

"주식입니다. 지난 분기 때 보고드린 것에서 특별한 변화는 없습니다. 다음 분기까지는 그대로 유지될 것으로 보입니다."

주식 담당 존 미첨.

JP 모건에서 스카우트해 온 재원이라고 했던가?

아무튼 테라의 유가 증권 전담 파트너다.

메리 앤이 서둘러 속삭였다.

"거의 전대 회장님이 설정하신 장기 포트폴리오예요. 특별한 변화는 없습니다."

"아니야. 목록만 가져와."

"예?"

메리 앤이 당황한다. 그러나 곧.

"예, 부회장님! 존! 주식 목록 좀 정리해서 제출해 주실래요?"

"예스, 맴."

얼핏 다시 물을 만도 한데…….

메리 앤은 토를 달지 않고 곧바로 이진의 명령을 수행했다.

그러나 다른 사람들은 좀 의아한 표정들이었다.

다시 점검할 필요가 있을까 한다.

부동산 수익률도 좋고, 주식 수익률도 평균 수익률을 상회하는 상태. 포트폴리오를 그대로 유지하는 것이 좋다는 건 상식적이라고 할 만큼 당연했다.

그러나 이진은 아니었다.

메리 앤이 나섰다.

"그럼 오늘 회의는 더 할 것이 없겠네요. 이만 끝낼까요?"

"그래. 그리고 나 좀 봅시다."

이진은 와타나베 다카기를 지목했다.

그러자 오경석이 나섰다.

"저도 잠깐 드릴 말씀이…….”

"그래요. 그럼 오 이사님부터 봅시다."

"예, 도련님!"

이진은 말을 하고 아차 싶었다.

오경석 이사를 오 이사라고 부른 것이다.

메리 앤이 설명하기를 오 집사라고 부른다고 했는데…….

어쨌든 첫 회의는 그렇게 끝이 났다.

그리고 오경석이 이진의 방으로 들어왔다.

"큰 회장님께서 크게 기뻐하셨습니다."

"뭘요?"

"이번 주말에 본가에 들르신다고……."

"예. 당연하죠."

이진의 대답에 오경석은 당황하는 표정이 역력했다.

아마 그동안 오경석을 험하게 대한 것이 분명했다.

할아버지의 사람이었으니까.

"오 집사님?"

"예, 도련님!"

이진이 나직하게 오경석을 불렀다.

"할아버지 잘 부탁드려요."

"…여부가 있겠습니까, 부회장님! 정말 감사드립니다."

오경석은 심지어 눈에 눈물까지 보였다.

충신이네.

이진은 곧바로 오경석이 어떤 사람인지 간파할 수 있었다.

대를 이어 테라 가문에 충성해 온 충신임이 분명했다.

그래서 아마도 조손 사이가 험악해지는 것이 늘 마음에 걸렸을 것이다.

"할아버지께 제가 주말에 사죄드리려 찾아뵙겠다고 전해 주세요."

"그렇게까지……. 감사드립니다. 감사드립니다."

오경석은 몇 번이나 감사하다며 고개를 숙인 후 물러났다.

다음은 와타나베 다카기였다.

주로 외부 조사역이다. 그런 사람이 이사까지 오른 것은 그만큼 수완이 좋다는 얘기.

한국으로 말하면 안기부 격인 일본 내각 조사실에서 오래 굴러먹었다고 들었다.

육순은 되어 보이는 외모다.

"부회장님!"

"앉으세요."

와타나베 다카기가 들어오자 일단 자리를 권했다.

소파에 엉덩이를 걸친 와타나베.

"뭐 따로 시키실 일이라도……."

"성산 아시죠?"

"성산이라면 한국의……."

"예. 조사 좀 합시다."

"어느 정도까지……."

하루 만인데…….

이진은 테라의 기업 문화에 대해 얼핏 그림을 그려 갈 수 있었다.

들어오면서 본 슬로건.

Small&Strong.

작지만 강하게.

전대 회장인 이진의 아버지 이훈이 내건 슬로건이다.

조직의 규모를 키우기보다 강하고 빨리 움직이는 데 집

중한 것이 분명했다.

그래서 의사 결정이 모두 이진에게 집중되어 있는 것이다.

합리적이기도 하면서 위험한 스타일이기도 했다.

경영자의 결정 하나가 회사를 망가트릴 수도 있었다.

"전부 다요. 이만식 회장 일가에 대해 가급적 자세히······."

"예. 그럼 신속하게 진행하겠습니다."

더 토를 달지 않고 와타나베가 일어나려 했다.

이진이 황급히 덧붙였다.

"저기······."

"예, 부회장님!"

이진은 메모지를 아예 와타나베 다카기의 손에 쥐여 주었다.

슬그머니 감추는 와타나베.

"비밀입니다."

"예, 부회장님!"

와타나베 역시 별다른 토를 달지 않고 물러났다.

이진은 그때부터 앉아서 노트에 무언가를 적기 시작했다.

하지만 떠오르는 것이 없다. 이미 살아온 날임에도 말이다.

대충은 안다. 무슨 일이 있었는지.

하지만 그걸로는 부족하다.

많은 사람들이 과거를 돌아보며 어떤 사건을 알았으면 대박 났을 텐데, 하고 생각하지만······.

정작 알았다 해도 사실 별로 행동에 옮길 것은 많지 않다.

사건의 속에 있어도 고작 속한 파트에 대한 지엽적인 것만을 알 것이다.

'젠장! 이럴 줄 알았으면 더 많이, 더 열심히 연구해 두는 건데……'

후회가 된다.

그러나 누가 환생할 줄 알았겠는가?

고마워해야 하는 일이었다.

몽블랑 만년필은 그냥 내려놓아야 했다.

책상에는 아무것도 없었다. 컴퓨터도, 심지어 전화기도 없다. 그러고 보니 지갑도 없고 휴대폰도 없고…….

단지 사용 방법이 미심쩍은 인터폰 한 대가 전부다.

이진은 인터폰을 눌렀다.

메리 앤이 유리벽 사이로 우아하게 걸어 들어오는 것이 보였다.

"부회장님!"

"저기… 나 휴대폰 없는 거야?"

"예? 아, 예. 원래 안 쓰셨어요."

"그런데 지갑도 없네?"

"아! 지갑도 원래 없으세요. 모두 제가 지불하고 연락합니다."

이게 말이 되나? 매일 클럽 들락거리고 여자애들이랑 호텔에 들어가서 떡도 치고 했다는데?

그럼 그 비용을 전부 메리가?

"그럼 혹시 메리가 따라다니면서 지불하고 그런 거야?"

"당연하죠."

아, 시팔. 이게 무슨 개쪽이냐?

계집애들 끼고 호텔방 들락거릴 때도 따라다니면서 결제를 했다는 말이다.

이건 먹은 걸 내놓은 것도 모자라 위액까지 토해 낸 느낌이었다.

"큼!"

"뭘 새삼스럽게……. 로열패밀리시잖아요."

"쩝! 그럼 영국에서도?"

"아니요. 영국에서는 유모가……. 그래서 큰 회장님께서 한영 자금 빼셨어요."

유모, 안나 송은 한영그룹 회장 여동생이라고 했다.

아마도 그 일로 오빠인 한영그룹 총수와의 관계가 소원해진 모양이었다.

여러 사람에게 민폐를 끼친 것만은 확실해 보였다.

어쨌든 계속 메리 앤이 뒤치다꺼리를 하게 하는 건 불편할 것 같았다.

"나 쇼핑 좀 해야겠는데……."

"준비하겠습니다, 부회장님!"

무슨 생각에서인지 메리 앤은 군말 없이 대답했다.

타임스퀘어는 TV에서 보던 것보다 훨씬 낯설었다.
수많은 대형 전광판이 눈에 들어온다.
이진은 눈살을 찌푸려야 했다. 성산전자 광고가 보인 것이다.
『미래를 펼치는 홈 TV 아몰…….』
'미래를 남의 기술 갈취 해다가 펼치냐, 이 도둑놈들아?'
슬그머니 짜증이 났다.
메리 앤은 브로드웨이 5번가로 이진을 안내했다.
한국 제품을 파는 곳이었다.
"여긴 왜?"
"큰 회장님 선물 사시려고 오신 거 아니세요?"
착각한 모양이다. 지갑 하나 장만하려고 왔는데…….
지갑이란 것이 묘하다. 돈이 있든 없든 아침마다 챙기게 된다. 세월이 흐르면서 휴대폰만 가지고도 다 해결이 가능하게 되었지만, 그때도 박주운은 지갑을 선호했었다.
"아니세요?"
"끙, 그래. 그럼 그러자."
기대를 한 모양인데 실망을 줄 수는 없지.

어쨌든 할아버지는 한국 상품을 애용한단다.

조선 왕족이라고 제 나라 물건을 쓰는 모양이었다.

"뭘 사면 돼?"

"소소한 걸 좋아하세요. 맵라면, 그리고 담배, 한영 초콜릿이요."

"허! 라면도 드셔?"

"예. 내 나라 백성들이 먹는 걸 드셔야 한다고……."

'말을 말자.'

이진은 황당했다. 0.1퍼센트에 0.1퍼센트라면서 MSG 범벅 한국 라면에다가 그다지 좋지도 않은 한국 담배를?

그 이유가 더 놀랍다.

내 나라 백성들이 만들고 먹는 거라서 먹고 쓴단다.

아무튼 성산가의 며느리들은 본받아야 할 일이었다. 자기들 회사에서 만들 걸 마치 쓰레기 취급하는 것들이었으니.

박주운도 그 와중에 쓰레기 취급을 받았었고.

그런데 이 양반은 다르다.

어쨌든 메리 앤이 알아도 더 많이 알 것이니 말리지 않았다. 그런 걸 사 가는 걸 할아버지가 좋아한다니 어쩔 수 없었다.

몇 가지 물건을 사서 가드에게 차에 싣게 했다.

곧바로 도착한 곳은 Macy's백화점 명품관이었다.

"여긴 왜?"

"어머니 회장님은 명품 좋아하세요."
"…그렇겠지."

여자들은 한결같이 명품을 좋아한다. 악처 이서경은 심지어 몸에도 실리콘 명품을 가득 적용했었다. 보기에는 그럴싸해 보이는 젖가슴은 고무 공 같았다.

성격 파탄자였다.

제 친구들 집에 놀러갔다가 벽지가 같은 걸 보고 와서는 한밤중에 직원들 불러다 도배를 다시 시킨 년이다.

"하이, 메리!"
"하이! 하우 아 유?"

다들 메리 앤을 아는 척했다. 그러나 동행한 이진에게는 고개만 까딱한다. 모르는 모양이었다.

"여기 쇼핑 자주 오나 봐?"
"전부 여기서만 사잖아요."
"왜?"
"우리 건물이잖아요. 이익이 월세로 돌아오거든요."
"그, 그래?"

브로드웨이 5번가에 백화점 건물도 있다.

사옥 건물에 실망했었던 게 미안하기까지 하다.

메리는 이것저것 들이대며 의견을 구했다.

"왜 자꾸 나한테 물어?"
"잘 아시면서……. 사귀는 분들 선물 많이 사셨잖아요.

근데 어머니 선물 하나 못 골라 드려요?"

아!

따끔한 충고임에도 외려 가슴이 뭉클하다.

직접 고른 선물을 드리라는 충고.

그것도 나쁘지 않지.

이진은 어머니, 그리고 유모의 선물을 직접 골랐다. 그리고 그 틈에 원래 목적인 지갑 하나를 얼른 집어 들었다.

"지갑은 왜요? 정말 진짜로 가지고 다니시게요? 제가 불편하세요?"

"그런 건 아니고……. 메리도 가끔은 사생활이란 게 있어야지."

"……."

대답하지 않는다. 섭섭한 모양.

"메리도 뭐 하나 골라."

"저도요?"

"응. 내가 사 주는 거다."

"그럼 골라 줘요."

이진은 메리 앤에게도 어머니의 것과 디자인이 같고 색깔만 다른 에르메스 핸드백을 안겼다.

어린아이처럼 좋아하는 메리 앤이다.

그렇게 첫 뉴욕 쇼핑은 끝이 났다.

사무실에 돌아와 앉자 다시 오만 가지 생각들이 머릿속을 오간다.

무언가 확실한 기억이 떠올라야 하는데 아무리 백지를 놓고 몽블랑으로 손장난을 쳐 봐도…….

그저 큼지막한 헤드라인들만 떠올랐다.

'이걸로는 힘든데?'

아무리 안절부절못해 봐도, 마음을 가라앉히고 기억에서 꺼내려 해도 굵직한 헤드라인밖에 없다.

작은 자본이라면 모를까?

디테일이 없으면 아무 소용이 없는 일이다.

규모에 따라 행동이 나오려면 보다 구체적인 것이 필요했다.

그러나 퇴근 시간이 되도록 아무런 소득이 없었다.

호텔에서도 마찬가지였다.

메리 앤이 수시로 전화기를 들고 찾아왔지만 어떤 전화도 받지 않았다.

그러다 밤늦게야 잠이 들었다.

다음 날 아침.

어김없이 명상 선생 멜이 가장 먼저 들이닥쳤다.

밤새 기억을 끄집어내려 애썼던 터라 그다지 반갑지가 않았다. 그러나 매일 일과였다니 하는 수밖에.

눈을 감고 호흡을 가다듬어도 자꾸만 어제 생각하던 문제가 꼬리를 물고 따라붙었다.

"써?"

"아, 예."

"호흡에 집중하세요. 오직 호흡에만요."

눈치를 챘는지 멜이 비교적 강한 어조로 주의를 주었다.

이진은 하는 수 없이 생각을 비우고 호흡에 집중해야 했다.

그리고 얼마나 지났을까?

두둥!

'헉, 이게 뭐야?'

아무것도 없이 안개 속 같아지던 마음속에…….

갑자기 빨간 펜 하나가 둥실 뜬다.

'뭐냐, 이건?'

분명 즐겨 쓰던 모나노 빨간 사인펜.

잡생각인가 싶다. 그래서 황급히 지워 버리려는데…….

어찌 된 일인지 사라지질 않는다.

슬그머니 짜증이 나려는 찰나.

"Please accept All(모두 받아들이세요)!"

멜이 다시 주의를 주었다.

이진은 황급히 짜증을 지우고 다시 호흡에 집중했다.

그리고 정말 어이없게도 이상한 일이 일어났다.

빨간 펜이다.

뉴욕 포시즌스 호텔이 아닌 서울 예전 성산 사옥의 사무실에 앉아 있다. 그리고 모나노 빨간 펜을 들고 신문에 동그라미를 치고 있는 나.

'맞아.'

이진은 그 기억을 확실히 알 수 있었다.

매일 계속되는 이서경과의 불화.

아무것도 주어지지 않는 회사에서의 불안감.

가족들의 압박.

그런 모든 스트레스를 해결하던 나만의 방법이었다.

사무실에 앉아 빨간 펜으로 신문에 줄을 긋는 것.

그리고 이런 상황이라면 어찌 대처해야 할까 고민했었다.

나름대로 전략도 짜고 전술도 상상했다.

직접 하는 일은 아니었지만 그럼으로써 나름대로 자존감을 잃지 않으려 노력했었다.

그래서였을까?

지금 이진은 그 환경을 명상 중에 그대로 체험하고 있었다.

기사의 헤드라인이 보였다.

〈리먼 브라더스 파산 위기에 뉴욕 다우 휘청.〉

'아, 이거면 되는데?'

내용도 읽힌다. 마치 조간신문을 펼쳐 놓고 있는 기분이었다. 구체적이고 디테일하다.

"써?"

'아, 씨!'

멜의 목소리가 모든 환경을 송두리째 바꿔 놓았다.

안타까웠다. 그러나 어쩔 수 없는 일.

"아! 너무 몰입했네요."

"시간이 10분 더 지났어요. 지나치게 빠져들면 역효과가 날 수도 있어요."

멜이 걱정스러운 눈초리로 조언을 했다.

이미 일어나서 나갈 준비를 끝낸 상태.

10분당 페이가 500달러.

설마 돈 때문에 끊은 건 아니겠지?

디팩 초프라 명상 센터에서도 유능하기로 소문난 강사라고 하더니…….

속으로 멜을 씹어야 했다.

당장 명상 속으로 돌아가고 싶을 뿐이었다.

너무나 생생한 기억들.

리얼했다. 읽었던 신문 지면의 활자 하나하나가 화면을 확대해 보는 것 같았는데…….

어쩔 수 없는 일이었다.

"오케이! 그럼 내일 봐요."

이진은 활짝 웃으며 멜에게 인사를 했다.

출근을 하자마자, 부동산 담당 파트너 블라이스 브로코비치가 나타났다.

그것도 보고할 서류 파일을 잔뜩 든 채…….

'벌써 준비가 끝났단 말인데. 곤란하네.'

일을 시켰고 결과가 불과 하루 만에 나왔음에도 반갑지가 않다. 부동산이 얼마 안 되니 속도가 빨랐을 것이고, 설사 많아도 이렇다 할 대책이 없었기 때문.

상상대로였다.

"말씀하신 부동산 내역을 정리했습니다. 매입가와 현재가, 그리고 미래 기대 이익 순입니다."

보고서가 완성된 것이다. 그런데 양이 장난이 아니었다. 수치가 빼곡한 서류가 수십 장.

전체적인 브리핑을 받는 게 나을 것 같았다.

"전체적인 브리핑을 해 줄 수 있죠?"

"물론입니다, 부회장님!"

블라이스는 자신만만해 보였다. 이진과 메리 앤이 자리에 앉자 서류를 보지도 않고 브리핑을 시작했다.

"미국 내 빌딩은 모두 47건입니다. 현재 연간 평균 23퍼센트 정도의 평가 이익이 발생하는 추세입니다."

"그럼 지난달 수익률이 좋았던 거네요. 내가 없어서 그랬나?"

"부회장님!"

메리 앤이 이진을 흘겨봤고, 블라이스는 헛기침을 했다.

"내역 좀 확인합시다."

"예. 건물은 뉴욕 19개, 워싱턴 2개, LA에 24개, 하와이에 26개, 서류 순서와 같습니다."

오 마이 갓!

베리 굿.

엑설런트!

어떤 찬사를 해도 부족하지 않았다.

어제 헐벗은 사옥을 보고 실망한 걸 사과라도 하고 싶은 심정.

알면 알아 갈수록 양파 껍질처럼 계속 벗겨져 나온다.

일어나 춤이라도 출까?

아니다.

"47건이라더니……. 2개가 남네요?"

"라스베이거스 호텔입니다."

'오 마이 갓! Shit! 호텔까지……? 돈 되는 건 다 했군.'

아버지 이훈을 매우 칭찬하고 싶다.

영어로 욕까지 나왔다.

그러나 딱 여기까지만.

"나머지는요?"

"일반 주택과 아파트먼트가 1,320건입니다. 모두 월세로 수익률이……."

집이 1,320채란다.

너무 좋았지만 먼저 정신을 바짝 차리자는 생각이 들었다.

"지금 팔면 일단 이익이라고 했죠?"

"예. 이미 매입 초기 설정한 기대 수익은 실현된 상태입니다."

"그럼 이렇게 합시다."

"……?"

이진의 말에 블라이스가 머리를 들이민다.

이 여자도 나이는 있지만 보통 미인이 아니었다. 명석한 두뇌와 빠른 계산 능력. 자기 일에 대한 자부심이 엿보였다.

"1년 안에 라스베이거스 호텔 빼고 천천히 팝시다."

"익스큐즈 미, 써! 파신다고요?"

이진의 말에 지금까지 냉철해 보이던 블라이스는 몹시 당황하는 눈치였다.

메리 앤 역시 표정이 변했다.

"부회장님!"

"천천히 소리 안 나게……."

이진의 대답은 확고했다.

메리 앤이 참견하고 나섰다.
"하지만 전부 처분하시는 것은……."
"왜?"
"큰 회장님께 동의를 구하시는 게 먼저일 것 같습니다."
'아…….'
할아버지를 생각 안 했군.
역시 할아버지가 최종 의사 결정권을 가지고 있는 것이다.
할아버지에게 손이 발이 되도록 빌어야겠다는 생각이 든다.
뭐, 그쯤이야…….
"그 문제는 나한테 맡겨요."
할아버지를 설득할 자신도 있었다. 할아버지가 원하는 것이 무엇인지 대충 감 잡았으니 말이다.
급한 것은 부동산.
현금처럼 은행에서 인출할 수 없다. 팔려면 시간이 필요하다. 끌어안고 있다가는 가격 하락으로 인해 큰 손실을 입을 가능성이 높았다.
"어떻게든 허락을 얻을게. 그러니까 일단 매도에 대한 기획안을 마련하세요. 급하진 않지만 그렇다고 시간이 넉넉하진 않아요."
메리 앤과 블라이스를 번갈아 보며 이진이 말했다.
블라이스가 대답한다.

"얼마나 시간이 있습니까?"

"데드라인을 2007년 5월로 합시다."

"아, 촉박하긴 하네요."

블라이스는 역시 부동산 매각의 현실적인 부분을 잘 이해하고 있는 것 같았다.

"가능하겠죠?"

"예, 부회장님! 그럼 일단 가장 이익을 극대화할 수 있는 매도 안을 수립하겠습니다."

"그래요. 수고 좀 해 줘요."

블라이스가 나갔다.

가만히 보니 테라는 아주 합리적인 조직 체계를 갖추고 있다. 이만한 문제라면 여러 결재 라인을 거쳐야 간신히 보고서 한 장 받을 텐데.

성산이라면 그랬을 것이다.

한데 테라는 담당 파트너가 거의 모든 일을 꿰고 있었다.

지시만 내리면 곧바로 프로젝트가 수행된다.

더 남았다.

"주식 목록은?"

"준비됐답니다. 부를까요?"

"그래."

당장 대책을 수립하기는 어렵겠지만 일단 목록이라도 살펴보는 것이 낫겠다 싶었다.

메리가 곧바로 존 미첨을 호출했다.

역시 하루 만에 포트폴리오 전체 내역이 상세하게 정리되어 있었다.

"어제 말씀드린 것처럼 모두 장기 포트폴리오입니다."

"9.11 때는 어땠어요?"

"그건 부회장님이 더 잘 아실 텐데요?"

이 자식이, 그냥 좀 대답해 주지.

악의적인 반응은 아니다. 자기가 다 해 놓고 어째서 묻느냐는 것.

그럼에도 곤란하다. 내가 한 일을 내가 모르니 말이다.

그러나 이진에게는 메리 앤이 있었다.

"부회장님께서 2001년 상반기에 포트폴리오를 조정하기 위해 대부분의 주식을 매도하셨잖아요."

"시장에?"

"아니요. 해당 회사들과 장외 거래를 주로……."

"그럼 새 포트폴리오를 9.11 이후에 짰다는 말이야?"

"예."

18살이었는데?

그렇다면 진짜 천재가 아닐 수 없었다.

그런 일이 어떻게 가능했을까?

"큰 회장님께서 찬성해 주셨죠. 9.11 일어난 후 천재일우였다고 하셨어요."

천재일우(千載一遇)?

이진이 메리 앤을 바라보자 그녀가 눈짓을 한다.

여기서 할 말이 아니란 뜻.

이진은 다시 존 미첨이 내민 서류로 시선을 돌렸다.

주식 내역 역시 보유 부동산 내역만큼이나 빡빡했다.

'흠! 어떻게 할까?'

잠시 생각에 잠긴 이진.

문득 번개처럼 황당한 생각이 스쳐 지나갔다.

"메리!"

"예, 부회장님!"

"가서 빨간 펜 하나 가져와."

메리 앤은 군소리 없이 바깥으로 나갔다.

그리고 1분 만에 돌아온다.

손에는 모나노 빨간 사인펜 한 다스가 들려 있었다.

'뭐야?'

의문이 든다. 마치 준비한 것 같지 않은가?

혹시?

"죄송합니다. 신입 비서가 청소를 한답시고 치운 모양이에요."

"그럼 내가 평소에도 이걸?"

"예?"

역시 그랬다.

이진 이 녀석도 평소에 같은 펜을 사용한 것이다.

그것도 빨간 것으로……

이건 어떤 의미일까?

이진은 몽블랑을 내려놓고 빨간 펜을 하나 꺼내 손에 쥐었다.

아!

마치 명상 중에 있는 것 같았다.

기억들이 선명하게 떠오른다. 활자 하나하나가 살아 있는 것 같다. 심지어 2010년 이후에 발간된 보고서까지 모두 생각이 난다.

혹시라도 사라질까 싶어 얼른 주식 목록을 살피기 시작했다.

긴장감이 흘렀다.

'많네.'

무엇을 하려고 저러는 걸까?

존 미첨은 침을 꿀꺽 삼킨다.

주식은 대부분 100만 주 단위다. 엄청난 양의 주식을 보유하고 있는 것이다.

존 미첨의 보고서에 빨간 펜이 닿았다.

그리고 동그라미가 그려지고 밑줄이 쳐지기 시작했다.

거침이 없었다.

손은 바쁘게 움직이는데 뇌는 놀라 어쩔 줄을 몰랐다.

'뉴센츄리파이낸셜, HSBC, AIG, BNP파리바? 프랑스 은행 주식도 있네.'

빨간 펜에 점점 속도가 붙었다.

테라는 어마어마한 양의 주식을 장기 포트폴리오로 분산해 놓고 있는 상태였다.

믿어지지 않을 정도였다.

포드, 크라이슬러, 리먼……?

"리먼 브라더스 이 상놈의……."

"부회장님!"

"아, 실수!"

이진은 황급히 메리 앤에게 사과했다.

존 미첨은 상놈이란 말을 알아듣지 못한 것 같았다.

"리먼의 실적이 상당히 좋습니다."

'놀고 있네.'

이진은 계속해서 줄을 긋고 동그라미를 그려 가며 표시를 했다.

30분 정도 만에 이진이 빨간 펜을 내려놓았다.

존 미첨이 물었다.

"이 회사들 지분을 추가 매입하시겠습니까?"

"아니요. 팔 겁니다."

이진은 존 미첨의 개소리에 단호하게 대답했다.

"예? AIG에 CITY뱅크까지요?"

"예. 매도 세부안을 마련하세요. 이익 목표를 초과한 주식부터 천천히······."

메리 앤이 돕고 나섰다.

"데드라인은 부동산과 같은 시기로 하시겠습니까?"

정말 든든한 우군이다.

토를 달지 않고 받아들이는 메리 앤.

"맞아."

이진은 씩 웃으며 대답했다.

그러자 잠시 멍 때리고 있던 존 미첨.

파트너답게 곧바로 상황을 파악했다.

"시장에 영향을 미치지 않도록 매도 계획을 수립해야겠군요."

"앱솔루트리! 역시 존이네요."

일단 이진은 존 미첨의 얼굴에 금가루를 뿌렸다.

아니다. 더 해 줘야 한다. 그래야 일에 탄력이 붙는다.

"메리?"

"예, 부회장님!"

"일이 많을 테니까 블라이스하고 존 파트에 추가 상여금을 지급하세요."

일도 돈이 들어와야 할 맛이 난다.

칭찬이 고래를 춤추게 한다고? 그럴지도 모르지.

그렇지만 사람에겐 칭찬만으로는 부족하다.

돈이 춤추게 한다.

성산 이만식은 '나중에'라는 미끼로 사람들만 죽자고 이용해 먹었다. 그리고 결과에 따라 좁쌀만큼의 보너스로 생색을 내거나 책상을 뺐다.

"예, 부회장님!"

"감사합니다, 부회장님! 하지만 아직 일은 시작도 안 했는데……."

존 미첨은 보너스에 기뻐하면서도 일은 시작도 않았다며 미안해한다.

"이번 일 잘 끝내 주시면 추가로 상여금이 나갈 겁니다. 그러니 신속하되 신중하게 청산 계획을 수립해 주세요."

"예, 부회장님! 큰 회장님께는……."

"내가 허락 받아 올게요."

"예. 그러시다면야……. 바로 착수하겠습니다."

이 역시 할아버지에게 허락을 구해야 할 일.

그건 주말이면 해소할 자신이 있었다.

가슴을 바늘로 콕콕 찌르는 것처럼 아픈 환희가 몰려왔다.

존 미첨이 물러가자 메리 앤이 슬그머니 다가왔다.

"부동산과 주식을 다 매도할 정도라면 뭔가……."

참 눈치가 빠르다. 그리고 신뢰가 대단하다.

"두고 보면 알겠지."

"그러면……."

"뭐?"

"채권하고 외화, 그리고 한국 내 자산은 큰 회장님께서 가지고 계신데 귀띔이라도 하심이……."

"그래?"

"예. 예전부터 그랬습니다."

이거였군.

그래서 다들 할아버지라면 찍소리 못하는 것이 분명했다.

이진 이 녀석은 그 와중에도 용감하게 대들었고 말이다.

채권에다가 외화, 그리고 한국 내 자산이라니…….

춤이라도 추고 싶다.

그러나 이진은 내색하지 않았다.

벌기는 어려워도, 해 먹는 것은 한순간이다.

그럼에도 불구하고 심장이 폐차 직전의 고물차 엔진처럼 덜컥거리는 건 어쩔 수가 없었다.

"그건 주말에 식사하면서 내가 말씀드리지."

"예, 부회장님!"

메리 앤이 웃는다.

아름답고 우아한 미소가 이진의 눈동자 속으로 쏙 하고 빨려 들어왔다.

월 스트리트 지역이 예전에는 도살장 부지였던 것을 기억하는 사람들은 많지 않다.

예전에는 소를 잡았다. 하지만 요즘은 사람을 잡는다.

한국과 크게 다르지 않다.

주로 개인 투자자들이 잡혀서 껍질이 벗겨진다.

금융 시장에는 4마리의 동물이 산다는 말이 있다.

황소, 곰, 양, 돼지.

황소나 곰이 되어야 한다.

겁 많은 양이 되면 수시로 털만 깎이게 된다.

돼지처럼 무턱대고 먹어 대다가는 도살되어 남의 밥상에 오르게 될 것이다.

이진은 곰이 되어야 하는 시간의 한가운데에 있었다.

점심시간.

식사는 유니언스퀘어 블루워터라는 해산물 레스토랑에서 때웠다. 신선하고 맛있는 해산물 요리였다.

걸으면서 커피를 마시기로 했다.

써먹을 날이 오지 않을 것이라 여기며 공부하고 연구했던 것들······.

그것들이 지금에 와서야 힘을 발휘하니 기쁘기 한량없었다.

비록 힌트이긴 했지만 그걸 실현시켜 줄 곳에 지금 있게 된 것이다.

'결국은 내가 어떻게 하느냐에 따라 미래가 달라진다는 말인가?'

생각이 깊어지려 할 때.

"따뜻합니다."

"고마워."

테이크아웃 커피를 건네는 메리 앤.

언제 어디든 따라다닌다. 점심도 함께 먹었다. 그래서인지 더 맛이 좋았다.

"근데 메리는 어디서 지내?"

이 역시 뒤늦은 질문이었다.

"바로 아래층에요. 그것도 기억 안 나세요?"

"아! 그래서 빨리 오는 거였구나?"

이진의 말에 메리 앤이 미소를 지었다.

"24시간 대기잖아요. 제 일이 그래요."

"그럼 아무 때나 불러도 되겠네?"

"그럼요. 늘 그러셨는데……."

혹시 한밤중에도 막 불러서 응응…….

삐뚤어지고 싶다. 하지만 지금은 아니다.

좀 나중에 기회를 봐서 삐뚤어져도 삐뚤어져야지.

"오늘 나머지 일정은 뭐야?"

"제니퍼가 다섯 번 전화했어요. 그리고 저녁에 모임 있으신데……."

제니퍼 로렌은 꾸준히 전화를 하는 모양.

웬만하면 그 정도 까면 포기할 만도 한데?

생긴 건 안 그런데 눈치가 없는 애란 생각이 들었다.

"제니퍼는 됐고. 모임?"

"예. 한국 친구분들 모임이세요."

"한국 친구?"

"이것도 기억 안 나세요?"

"……."

이진은 그냥 머리를 끄덕였다. 그리고 '제발 알려 줘.' 하고 애원하는 눈빛으로 메리 앤을 바라봤다.

메리 앤의 표정은 그다지 밝지 않았다.

그러나 보고는 성실히 한다.

"가장 친했던 친구분은 서우진이란 분이세요. 옥스퍼드 동창이지만 나이는 5살이 더 많으세요."

"그 친구는 어디 있어?"

"한국에요. 성산전자 연구실에 팀장으로 근무하세요."

"아……."

성산전자란 말에 이진은 그냥 서우진을 싫어하기로 했다.

"오늘 모임은 미국 친구분들이세요. 옥스퍼드 졸업하고 오셔서 두 달에 한 번씩 정기적으로 만나셨어요."

"어떤 애들인데?"

메리 앤은 기억력이 좋았다. 곧바로 신상 내역이 흘러나

온다.

　남자 다섯에 여자 둘.

　모두 한다하는 집안의 자식들이었다.

　현직 국회 상임위원장의 자식도 있었다.

　그러나 그중 가장 귀에 박혀 들어오는 것은 다름 아닌 이민지와 이경환.

　둘 다 성산가의 3세들이다.

　굳이 촌수를 따지자면······.

　'이제는 그걸 따질 필요 없네.'

　홀가분했다.

　물론 직접 인사를 한 적은 없다.

　악처 이서경은 일체의 모임에 부부 동반을 거부했었다.

　언제였더라?

　아마 이만식 회장 동생인 천성그룹 이천명 사장 아들 결혼식 때였을 것이다.

　이만식 회장의 부름을 받았었다.

　그런데 가 보니 부름이 아닌 심부름이었다.

　그들의 눈초리는 싸늘했었다.

　3세 새끼들까지도 그랬다.

　인사는커녕 거들떠보지도 않았고, 밥 한 숟가락 먹으란 소리도 없었다.

　악처 이서경은 심지어 창피하니 얼른 꺼지라고까지 했다.

그런데 뉴욕에서 천성그룹 애들과 엮이게 될 줄이야?

"다른 건?"

"특별한 일정은 없습니다. 대부분 제가 처리할 일들이라……."

메리 앤의 표정이 살짝 굳어지면서 목소리도 가라앉았다.

가길 바라지 않는 것일까?

그러나 이진은 가고 싶었다. 하루라도 빨리 주변 인물들을 파악하고 싶다. 그리고 성산의 형제 그룹인 천성 애들과는 어떻게 지냈는지도 알고 싶었다.

"그럼 그 모임에 가 볼게. 혹시 뭔가 떠오를지도 모르잖아?"

"…예."

슬쩍 기억상실을 핑계로 모임에 참석하겠다고 입을 열었다.

메리 앤이 풀 죽은 목소리로 대답했다.

"예. 준비하겠습니다."

오후 내내 빨간 펜을 가지고 놀았다.

효과 만점이었다.

10여 페이지가 넘는 사실들을 기록한 보고서가 만들어졌다.

저녁이 되자 메리 앤이 시간을 알렸다.

"차량 대기시켰습니다."
"알겠어. 가자!"
이진은 곧바로 일어나 나갔다.
메리 앤도 동승한다. 그러나 표정이 밝지 않았다.
이진이 넌지시 말했다.
"메리는 꼭 안 가도 돼."
"…괜찮습니다. 아직 기억이 온전치 않으시니 제 도움이 필요할 겁니다."
"그건 그래."
이진은 웃었지만 메리는 웃지 않았다.
오후 내내 그랬던 것 같은데…….
이상한 일이 아닐 수 없었다.
대략 30분 정도.
퀸즈의 고급 주택가에 자리한 커다란 저택이 모임 장소였다.
철제문을 안쪽에서 잡아당겨 여는 보안요원들이 보였다.
"여기야?"
"예. 황상진 의원 자제분이신 황영철 님 소유입니다."
국회 법사위원장이라고 하더니…….
세비 챙겨서 아들 새끼한테 뉴욕에 집까지 사 준 모양이었다.
"왜 여기서 하는데?"

"돌아가면서 파티를 여십니다."

"그럼 나도 했다는 말이네?"

"예. 이스트사이드 저택에서 하시려 했지만, 큰 회장님께서 대노하셔서 클럽을 빌리셨었어요."

차는 집 앞에 정차했다.

50대로 보이는 백인이 나와 문을 열었다.

이진이 내리자 메리 앤도 따라 내렸다.

"부회장님을 환영합니다. 도련님들하고 아가씨들께서 많이 궁금해하셨습니다."

"그래요?"

뭘 그렇게 궁금해했을까?

"이쪽으로… 그리고 비서분은 이쪽으로……."

백인 집사로 보이는 남자가 이진과 메리를 갈라놓으려 나섰다.

이진이 황급히 막았다.

"아니야. 같이 들어가."

"예?"

"왜! 안 돼?"

"아닙니다."

이진이 노려보자 백인 집사가 눈을 내리깔았다.

메리 앤의 표정을 살폈다. 그러나 역시 그다지 기뻐하지 않는다.

'나중에 물어봐야지.'

안으로 들어가자 곧바로 계단이 나왔다.

올라가니 2층. 창문 사이로 수영장도 보인다.

하지만 날씨가 추워서인지 물이 차 있지는 않았다.

묘한 구조의 집이었다.

2층 난간에서 내려다보이는 파티장.

이미 술판이 벌어져 있었다.

"메리?"

"예, 부회장님!"

"상판 좀 확인하자."

"예?"

상판은 모르는군.

"누가 누군지 확인 좀 하고 내려가자."

"예. 왼쪽에 흰 슈트를 입으신 분이 파티 주최자인 황영철 님이세요."

"저기, 메리?"

이진은 다시 메리를 불렀다.

메리! 메리! 메리!

불러도 또다시 부르고 싶다.

"…예, 부회장님!"

"존칭 빼고. 애새끼들인데 그렇게까지 할 필요는 없어."

"…예, 부회장님!"

"그러니까 저 새끼가 황영철이고, 저놈은 이경환이네. 그치?"
"예. 맞습니다. 기억나세요?"
"딱 봐도 싸가지 없게 생겼는데, 뭐."
메리 앤이 입을 가리며 살짝 웃었다.
7명의 면상과 이름 대조가 끝이 났다.
이진이 내려가려 할 때.
"부회장님!"
"왜?"
"괜찮으시다면 전 2층에 있으면 안 될까요?"
의외의 말이었다. 심지어 잠잘 때도 같은 호텔 바로 아래층에서 자는 메리 앤인데…….
어쨌든 신상 내역을 아니 굳이 따라올 필요는 없었다.
"그래. 편안히 쉬고 있어. 금방 갈 거야."
"감사드립니다, 부회장님!"
이진은 웃어 보이며 계단을 내려갔다.

제3장

가문의 유산

재벌집 망나니
7대독자

"지지지, 진아!"

계단을 막 내려서자마자 귀여운 용모를 한 녀석이 더듬거리며 말을 건네 왔다.

'송서찬이라 그랬지?'

메리 앤이 한영 회장의 막내아들 송서찬이라고 했다.

한영은 한국 재계 서열 30위권을 오가는 중견 그룹.

유모 안나가 런던에서 이진을 제대로 보필하지 못했다고 한영의 자금을 뺐다고 했다.

그것 때문일까? 잘 보이려는 기색이 역력하다.

"송서찬? 너 오랜만이다."

"그, 그그그그그래. 어르신은 안녕하시지?"

"잘 계셔."

"그, 그그그그그래서 말인데……."

송서찬은 용건이 있는 모양이었다. 한영은 어렵다고 들었다. 아마도 그 이야기를 하려는 것일지도…….

그러니 이진을 발견하자마자 득달같이 달려든 것이다.

그러나 더듬거리는 녀석이 말을 꺼낼 기회는 없었다,

"Wow, 로열 프린스! What's up?"

이 새끼가 좋은 한국말 두고 What's up은?

흰 양복을 입은 놈.

벌써 술을 많이 마셨는지 눈이 풀린 상태였다.

황상진 의원의 아들 황영철.

"반갑다."

"헤이! 진이 왔어?"

이진의 등장에 친구(?)들이 벌 떼처럼 달려들었다.

곧바로 교통사고에 대해 물어 왔다.

이진은 샴페인을 한 잔 마시며 비교적 담담하게 대답했다.

별로 영양가 없는 대화들이 오갔다.

이진은 이미 경영 대열에 들어선 반면, 여기 모인 양아치 같은 애새끼들은 아직 대부분 학생이었다.

오픈된 고급 위스키와 샴페인 병이 한심하게 느껴졌다.

몇백만 원씩 하는 술도 있었다.

군데군데 약을 한 흔적들도 엿보인다.

토끼 귀를 달고 반쯤 벗은 채 서빙을 하는 이국적인 외모의 여자들까지…….

 부모한테 얹혀사는 애들이 돈지랄을 하는 모양이란 생각이 든다.

 볼일 보고 나가는 게 좋을 것 같았다.

 그때 천성그룹 이경환이 말을 걸어왔다.

 "쳇! 어떻게 제니퍼가 준 페라리를 박살 낼 수 있어?"

 "그냥… 오랜만에 운전을 하다 보니…….",

 "맞다. 너 기사 달고 크라이슬러 타고 다니지?"

 "오 마이 갓! 크라이슬러! 생각만 해도 웃겨. 차라리 그 차를 박을 것이지, 하필 제니퍼가 선물한 차를?"

 녀석들이 이진의 크라이슬러를 비웃는다.

 송서찬만 가만히 고개를 숙인 채 입을 다물고 있었다.

 하기야 젊은 나이니 잘빠진 페라리가 좋아 보일 것이다.

 이진은 그저 웃어넘겼다.

 그때 황영철이 물었다.

 "꼰대는 여전하셔?"

 "응?"

 "너희 할아버지 말이야."

 이 새끼가?

 "너 지금 우리 할아버지한테 꼰대라고 했냐?"

 "그럼 꼰대 아니야? 너희 할아버지 베리 funny! 하하하하!"

가문의 유산 • 113

"뭐가 그렇게 웃긴데?"

이진은 작정하고 물었다.

술에 취한 녀석은 주절거리기 시작했다.

"세상에, 21세기에 후궁이라니……. 정말 왕이 될 생각인 건지……."

이경환이 가세했다.

"근데 메리가 안 보인다. 네 Royal Concubine 말이야."

Royal Concubine.

귀비, 제왕의 첩, 후궁이란 뜻이다.

어째서 이 자식이 메리를 그렇게 지칭하는 것일까?

이해가 가질 않았다.

그때 송서찬이 나섰다.

"야, 그만해. 너희들, 진이한테 그러면 안 돼."

"헤이, 마마보이! 넌 왜 그렇게 진이한테 쩔쩔매. 혹시 돈 빌렸냐?"

"그, 그게 아니라……."

송서찬은 말을 하다 말고 고개를 푹 숙였다.

"그만들 해라. 진이 퇴원한 지 얼마 안 됐어. 그리고 황! 너, 너무 취했어."

"오 마이 프린세스! 그런가? 근데 나도 후궁 들여도 돼?"

"Are you crazy?"

황영철과 천성그룹 이민지는 사귀는 사이로 보였다.

황영철은 이미 취해 있었다.
막장 대화가 이어진다.
"나도 메리 같은 섹시하고 먹음직스러운 애로! 안 돼?"
"너 취했어?"
"그럼 메리같이 박음직스러운……. 아악!"
황영철은 음담패설을 내뱉다 말고 나가떨어졌다.
이진이 곧바로 죽빵을 날려 버린 것.
"…이 새끼가? 너 우리 아빠가 누군지 알아?"
등신 같은 새끼.
"알아, 새끼야! 니 애비 모르는 사람도 있냐?"
좋은 뜻일 리 없었다.
다른 애들이 일제히 자리에서 일어났다.
"이진! 너 왜 그래?"
"너 미쳤어?"
이민지가 쓰러진 황영철을 일으키며 독한 눈빛으로 이진을 노려봤다.
"잘 어울리는 한 쌍의 바퀴벌레네."
"뭐라고?"
"국민 세금으로 세비 받아서 유학 온 새끼가 공부나 할 것이지……."
"이진! 너 진짜 너무 막 나간다?"
이번에는 천성그룹 이경환이 나섰다.

"너도 마찬가지야, 새끼야! 내가 니들 여기서 마약 했다고 한국 매스컴에 확 불어 버릴까?"

"……."

술김인데도 모두 파랗게 질린다.

훈계가 이어졌다.

"정신 차리고 공부 열심히 해, 새끼들아. 난 18살에 옥스퍼드 졸업했어. 학점 따려면 한참 남은 새끼들이……."

퉤!

이진은 아예 침을 한 사발 내뱉었다.

보안요원들이 우르르 쏟아져 들어오더니 이진에게 달려들려 했다. 그러나 곧 밖에서 만났던 백인 집사가 보안요원들을 막았다.

"그만 돌아가 주시겠습니까, 도련님?"

"그렇지 않아도 가려고 했어. 똥 냄새가 진동을 해서 말이야."

이진의 대답에 백인 집사의 표정이 구겨졌다.

화들짝 놀란 얼굴로 메리가 뛰어 들어왔다.

"가자!"

"부회장님!"

"앞으로 이 새끼들 내 친구 아니야. 전화번호 지우고 연락받지 마."

"…예, 부회장님!"

메리는 얼른 이진을 부축했다.

술도 취하지 않았는데……. 심신미약처럼 보이게 하려는 의도가 다분해 보였다.

이진은 아무 말 없이 차로 향했다.

뒤에서 송서찬이 따라왔다.

"지, 지지진아!"

이진은 걸음을 멈췄다.

"지진 나겠다. 왜?"

"나, 나나나, 나는?"

"무슨 뜻이야?"

"우, 우우우리는 치, 친구 맞지?"

이진은 대답하지 않았다.

유모의 친척이다. 그래도…….

"너도 저런 새끼들 이제 그만 만나."

"그, 그그그럴게."

"어깨 펴고, 당당하게!"

"으응!"

이진은 그 말을 마지막으로 차에 올랐다.

퀸즈의 저택을 빠져나오자 메리 앤이 황급히 물었다.

"무슨 일이세요?"

"별거 아니야. 애새끼들이 싸가지가 없더라고. 다시는 연락 받지 마."

"……."
메리 앤은 당황한 표정이 역력했다.
그러나 더 묻지는 않았다.
이진 역시 후궁에 대해 묻지 않았다.
어차피 할아버지를 대면하고 대화를 나누면 다 알게 될 것.
괜히 메리에게 곤란한 질문을 하고 싶지 않았다.

다음 날 아침.
회사 로비로 들어가다가 어디서 많이 본 얼굴을 발견했다.
테라 빌딩의 1층은 은행이 입주해 있었다.
TRI라는 투자은행. 이 역시 테라의 소유다.
그러나 경영은 완전히 독립적으로 이루어지고 있어 심지어 테라 직원들조차도 TRI의 지배 주주가 테라라는 걸 몰랐다.
미국의 경우도 금융기관은 재무부를 비롯한 정부 기관의 관리 감독을 받는다.
그러나 한국에 비해 설립이나 운영은 프리했다.
'어디서 봤지?'
이진은 로비 중간쯤에서 걸음을 딱 멈췄다.
"왜 그러세요, 부회장님?"

"……."

이진은 생각에 집중하느라 대답을 할 수 없었다.

주머니에 든 빨간 펜을 만지작거리자 기억이 떠올랐다.

'맞다. 제프 베지스!'

이진은 중년 백인 남자의 신상이 파악되자 곧바로 몸을 돌렸다.

"써!"

메리 앤이 황급히 뒤를 따랐다.

제프 베지스는 아직 건물 밖에 있었다.

"익스큐즈 미!"

이진이 다가가 말을 걸었다.

"절 아십니까?"

"그럼요. 아마존 CEO를 몰라볼 리가요. 제프 맞으시죠?"

이진은 당연하다는 표정으로 대답했다.

제프 베지스. 아마존 창업자다.

창업 초기에는 한동안 잘나갔지만 2006년이면 그가 어려움을 헤쳐 나갈 시기였다.

이후 다시 한 번 위기를 맞이하긴 하지만 곧 이겨 내고 번영할 것이다.

이진이 손을 내밀어 악수를 청했다.

"한데 누구신지?"

"전 테라의 이진입니다."

"아! 알고 있어요. 전에 어떤 투자자분에게 들은 적이 있어요. 한데 무슨 일로?"

제프의 말에 이진은 생긋 웃으며 단도직입적으로 말했다.

"투자 좀 합시다."

"예?"

당황한 얼굴이다. 그렇다고 반기는 표정도 아니었다.

이진은 곧바로 히든카드를 꺼냈다.

"망할 리먼 새끼들 때문에 고생 많으셨죠?"

약발은 바로 통했다.

제프가 대답했다.

"이야기를 들어 보죠."

아침부터 이어진 제프와의 면담은 대략 2시간 만에 끝이 났다.

악수를 하고 제프가 테라를 떠나자 메리가 물어 왔다.

"아는 분이세요?"

"혹시 FANG라고 들어 봤어?"

이진은 되물었다. 메리가 알 턱이 없었다.

"아니요. 새로 생긴 회사 이름인가요?"

"뭐, 그렇다고 해 두자고."

이진은 웃으며 오피스 소파에 앉았다.

FANG는 페이스북, 아마존, 넷플릭스, 구글을 가리키는 신조어.

아직 알려지지 않았으니 그걸 메리가 알 리가 없다.

"한데 무슨 대화를 나누셨어요?"

"투자를 약속했어."

이진은 담담하게 말했다.

투자를 약속했다. 아마존 창업자 제프가 이진의 투자 제의를 덥석 문 것은 아니었다.

그러나 이진에게는 리먼이 있었다.

1994년 설립한 제프 베지스의 아마존닷컴은 이미 잘나가고 있었다.

1997년에 나스닥에 상장하면서 부를 축적하기 시작했다.

그러나 2000년대 초반에 들어서면서 위기가 찾아왔다.

제프의 꿈은 아마존닷컴을 인터넷의 월마트처럼 만드는 것이었다.

나스닥에 상장하면서 온라인 커머스로 사업을 확장해 나갔다.

그러나 위기가 찾아왔다.

위기는 고작 보고서 한 장 때문이었다.

리먼 브라더스는 2001년 아마존이 이대로의 경영 방식을 고집하면 1년 내로 파산할 것이라는 보고서를 냈다.

한파가 몰아닥쳤다.

자금이 끊기고 주가가 하락하면서 대규모의 구조 조정을 단행해야 했다.

제프에게는 아픈 시기였을 것.

그러나 아마존은 버텨 냈다.

그리고 이제 2년 후면 아마존이 파산할 것이라는 보고서를 낸 리먼이 파산하게 된다.

한국인이든 외국인이든 자신에게 얼토당토않은 소문을 퍼트려 곤경에 빠뜨린 사람을 잊지는 못한다.

제프도 마찬가지.

아픈 상처를 준 리먼을 들이대고 현재 연구 중인 킨들을 들이대자 태도는 급선회할 수밖에.

'난 당신의 미래에 투자하고 싶습니다.'

이진은 그렇게 마침표를 찍었다.

"얼마나요?"

"그건 이제 다뤄야지. 많을수록 좋지만……."

이진의 말에 메리가 고개를 갸우뚱한다.

그만한 가치가 있을까 우려하는 것이 분명했다.

이진은 웃으며 대화를 마무리 지었다.

"제프에게 연락 오면 모두 나한테 돌려."

"예, 부회장님!"

"오늘은 다른 약속 잡지 마."

"예?"

"저녁에 이스트사이드에 가자."

이스트사이드라는 말이 나오자 메리 앤은 활짝 웃었다.

설마 이진이 날짜를 당겨서 할아버지를 만나러 갈 줄은 몰랐던 것이다.

그러면서도 약간 의뭉스러운 표정이다.

"할아버지께 오늘 들어간다고 말씀드려."

"예."

배산임수였다.

동쪽으로는 이스트 강이, 서쪽으로는 허드슨 강이 흐른다.

그 뒤로 산이라고 하기에는 낮은 구릉이 있었다.

시내에서 그다지 멀지도 않았지만, 그렇다고 가깝지도 않은 곳에 저택이 있었다.

멀리 몇 개의 창고처럼 보이는 건물들이 눈에 들어온다.

느낌은 부드러웠다.

진입로에서 대략 500미터 정도를 지나자 단층의 한옥이 보였다.

한국에서도 보기 힘들 정도의 규모.

아흔아홉 칸일지도 모를 일.

'뉴욕에서 저런 규모의 한옥을 볼 줄은 몰랐네.'

이진은 속으로 그렇게 생각하면서도 내색하지는 못했다.

집사장인 오경석 이사가 나와 있었다.

"어서 오십시오. 이렇게 일찍이 와 주시니 몸 둘 바를 모르겠습니다."

"할아버지는요?"

"하루 종일 기다리고 계셨습니다. 지금은 손님이 와 계셔서……."

"손님이요?"

"예. 아주 황당한 젊은 친구입니다. 화성에 식민지를 세우겠다나 뭐라나……."

"예?"

이진은 눈을 동그랗게 뜨며 다시 물어야 했다.

생각나는 인물이 있었다.

"어이가 없을 정도로 황당한 녀석입니다. 곧 끝날 겁니다."

"얼마나 빌려 달라는데요?"

이진은 오경석 이사에게 곧바로 액수를 물었다.

"1,000만 달러 정도를……. 어째서 그러십니까, 도련님?"

"그 면담에 나도 잠시 들어갈 수 있을까요?"

"예?"

오경석이 당황해한다. 그러나.
"물론입니다. 가시죠."
"나, 다녀올게. 좀 이따 봬요."
모두들 의아해하는 눈치였다.
"여기까지 와서 꼭 일을 해야 하니?"
데보라 킴은 심지어 섭섭해 하는 눈치였다.
하지만 이진에게는 절호의 찬스였다.

회랑처럼 긴 복도에는 조선조 왕들의 초상화가 걸려 있었다.
그리고 도착한 곳은 작은 규모의 한식 거실.
오경석 집사장이 다가가 할아버지의 귀에 대고 속삭였다.
"어서 오너라. 내 손자요."
할아버지 이유는 앞에 앉은 두 백인 남자에게 이진을 곧바로 소개했다.
이진은 다가가 손을 내밀며 악수를 청했다.
엘론 머스크였다.
"반가워요, 엘론!"
악수를 한 이진이 자리에 앉았다.
"아는 자냐?"
"예. 스페이스X에 대해 들어 본 적이 있습니다."
할아버지의 질문에 이진은 공손하게 답했다.

"그럼 네가 나보다 낫겠구나. 들어 봐라."
"예."
이진은 사양하지 않고 대답했다.
엘론의 옆에 앉아 있던 자가 신호를 보냈다. 통역인 모양.
설명이 계속되었다.
들으나 마나 한 이야기였다. 다 아는 내용이니 말이다.
문제는 지금 테슬라가 어디까지 왔느냐는 것이었다.
아직 전기 자동차 시제품조차 시장에 내지 못한 상태다.
그래서일까?
엘론은 스페이스X에 대해 열띤 프레젠테이션을 감행했다.
"흥미진진한 이야기이긴 하다만 좀 먼 훗날 이야기 같구나. 당장 사업성은 없어 보여."
할아버지 이유가 슬쩍 이진에게 의견을 피력했다.
역시 예상대로였다.
달에도 간신히 가는데 화성에 식민지를 건설한다니…….
그러나 이진은 달랐다.
"프로젝트는 당장 성사될 가능성이 없지요."
"그럼 투자는 거부하는 것이 맞겠구나?"
"하지만 스페이스X를 진행하는 과정에서 부산물이 생기지 않을까요?"
"이를테면?"
"에너지가 필수이니 효율적인 전기 배터리를 개발해야 할 겁니다."

이진의 말에 할아버지 이유는 눈빛을 빛냈다.

"아하! 그럼 그 배터리가 수익을 낸다?"

"우주선은 아니더라도 자동차 정도는 움직일 수 있지 않을까 싶습니다."

"과연 그렇구나. 네 말을 듣고 보니 돈 될 만한 것이 나오겠어."

할아버지 이유는 만족스러운 표정이었다.

그리고 일을 이진에게 넘겼다.

"네가 결정해라."

조손 사이가 그다지 좋지 않은 상황임이 분명한데…….

게다가 이진의 나이 고작 스물다섯에 불과함에도 1,000만 달러짜리 투자의 결정권을 넘긴다.

웬만한 신뢰와 재력으로는 엄두도 못 낼 결단이었다.

자그마치 100억이 넘는 금액을 그저 황당한 계획에 들이붓는 것이니…….

"돈은 있으시죠?"

이진은 이때가 기회다 싶었다.

무엇보다 할아버지와의 분위기를 부드럽게 하고 싶었다.

부동산과 주식을 처분하도록 허락을 얻으면 새 투자처를 찾아야 한다.

돈은 결코 잠들어서는 안 된다.

뭔가 돌파구를 찾아야 했다.

"녀석! 이 할애비를 뭐로 보고?"

이진의 농담에 할아버지가 웃었다.

선이 굵고 직선적인 인물이다.

이진이 엘론에게 말했다.

"선결 과제는 고농축 배터리 기술이겠군요."

"……."

엘론이 쏘아보듯 노려본다.

자신이 현재 진행하고 있는 가장 중요한 프로젝트를 간파했기 때문일 것이다.

대부분의 사람들은 돈을 가진 자가 우위에 있다고 여긴다.

그러나 어떤 분야의 선도적인 입장에 있는 사람들.

혹은 아이템에 확고한 믿음을 가진 사람들은 다르다.

엘론 머스크도 그런 류의 사람.

남들이 비웃어도 아랑곳 않는다.

"젊은데 식견이 있으시네요."

"엘론도 젊으신데요. 2,000만 달러로 하시죠."

"우린 1,000만 달러면 충분합니다. 그리고 경영에 개입하는 건 용인할 수 없습니다."

"아아! 경영에 개입할 생각 없어요. 우리 테라는 절대 제조업은 안 하거든요."

메리의 말을 인용했다.

테라는 아무리 돈이 된다고 해도 직접적인 사업에 나서지 않는다.

일종의 불문율.

이유는 간단했다. 백성들의 일감을 왕가가 빼앗아서는 안 된다는 것.

시대착오적인 사고방식.

그러나 하나에 집중한다는 의미로 보면 선도적이라고 볼 수도 있었다.

"그럼 나머지 1,000만 달러로는 뭘 하란 말입니까?"

"거대한 프로젝트이니 곧 다시 돈이 필요하지 않겠습니까?"

"대가는요?"

"우선 인수권으로 하죠."

주식을 발행하면 우선적으로 배정을 받겠다는 것.

이진의 입장에서는 그래야 이익을 얻을 수 있다.

엘론은 만만한 사람이 아니었다. 잠시 생각에 잠긴다. 전혀 돈 빌리러 온 사람으로 보이지 않는다. 그러나 곧.

"오케이! 돈 버시는 겁니다."

엘론이 의미심장한 웃음을 흘리며 손을 내밀었다.

"변호사 보내겠습니다."

일어나 악수를 함으로써 면담은 끝이 났다.

정작 엘론이 나가자 분위기는 묘해졌다.

평소 조손 관계의 여파가 그대로 침묵으로 이어졌다.

이진이 입을 열려고 할 때, 할아버지 이유가 먼저 운을 뗐다.

"한국에서 전화가 왔었다."

"예? 누구한테······."

"그 나랏일 한다는 놈 말이다."

이진은 당황할 수밖에 없었다.

최근에 나랏일 하는 놈과 관련된 일은 하나.

그것도 어젯밤에 있었던 일이다.

메리가 보고를 한 것일까?

아니었다.

"어젯밤에 무슨 일이 있었는지 모르지만 잘했다. 자식 교육 잘못시켰다며 싹싹 빌더라."

황상진 의원이 빌었다고······?

정말 의외였다.

내로남불을 삶의 원칙처럼 여기는 인간이 황상진 의원이다. 적어도 전생의 기억은 그랬다.

그런데 따지려고 전화한 것이 아니라 사과를 하려고 전화를 했다? 툭하면 성산 이만식 회장도 밥그릇에 올려놓고 씹어 대던 놈인데?

그렇다면 그건 할아버지의 영향력이 생각 외로 막강하다는 의미.

단순히 돈 문제만은 아닐 것이 분명했다.

"싹수가 없는 놈에겐 매가 약이지."

"죄송합니다."

잘했다는데도 이진은 몸을 낮췄다.

어떻게든 부동산 매도와 주식 매도 허락을 받아 가야 했다.

'일단 밀고 들어가 볼까?'

그렇게 생각할 찰나, 오경석 집사장이 문을 열고 들어왔다.

"만찬 준비가 끝났습니다."

"오! 그래. 내 시키는 대로 했고?"

"예. 조금 서둘러서 부족한 감은 있습니다만……."

"수고했네. 가자."

할아버지가 먼저 몸을 일으켰다.

이진은 하려던 말을 목구멍 안으로 삼키고는 따라나서야 했다.

말 그대로 수라상이었다.

"큰 회장님께서 원래는 대전어상(大殿御床)으로 준비하라 이르셨는데, 갑자기 오시는 바람에 석수라로 준비했습니다. 송구합니다."

오경석 집사장이 두 손을 모은 채 공손히 고개를 숙인다.

석수라…….

임금님 저녁상이란 얘기다.

대전어상은 들어 본 적도 없었다.
데보라 킴이 가장 먼저 반응했다.
"오랜만에 보니 석수라도 괜찮아 보여요. 오 집사!"
"감사드립니다."
허리를 깊숙이 숙이는 오 집사장.
마마란 소리가 안 나오는 것이 이상할 정도였다.
할아버지 이유는 그다지 만족스럽지 않은 모양. 아마도 손자가 온다고 잘 차리라고 당부한 것만은 분명해 보였다.
"앉자."
할아버지 이유의 말에 모두 자리를 찾아 앉았다.
모두라고 해 봐야 고작 5명. 그중 가족은 사실상 셋이다.
거기에 유모인 안나 송과 메리 앤이 포함된 것이다.
오경석 집사장은 자리에 앉지 않았다. 의자도 없었다.
또 여자들과 겸상하지도 않음이 분명했다.
이진과 할아버지가 한 상, 그리고 나머지 셋이 한 상이었다.
이만하면 할아버지 이유가 얼마나 팍팍하고 고지식한 인물인지 알 수 있었다.
이진은 할아버지와 마주 앉아 부담스럽게 수저를 들어야 했다.
그런데 막상 먹어 보니 생각이 달라진다.
'호! 정말 맛있네?'
호텔 결혼식 피로연 음식에 비할 바가 아니었다.

이름도 들어 본 적이 없는 음식들.
하나하나 먹어 가다 보니 할아버지의 눈총이 느껴졌다.
"맛있습니다."
"고맙구나."
그런데 분위기는 그다지 화기애애하지 않았다.
혹시 밥 먹을 때는 개도 안 건드리니 밥만 먹어야 하나?
아니었다.
"도련님!"
먼저 대화의 물꼬를 튼 것은 유모 안나.
"예."
"새삼스럽게 존댓말은 왜 하시고……."
찡긋.
메리 앤이 윙크로 힌트를 준다.
이진은 곧바로 알아차렸다.
"아! 내가 딴생각하느라고……. 왜, 유모?"
"서찬이란 애를 만나셨다고……."
소문은 참 빨리도 퍼진다. 이진의 일거수일투족이 모두 바로 가족들에게 알려진다는 뜻.
"응. 잠시 인사만……."
"그 애가 하는 말 신경 쓰지 마세요."
"별말 안 했어."
이진의 대답이 끝나자 다시 침묵이 흐른다.

가문의 유산 • 133

'내가 기쁨조로 나서야 하나?'

이진은 잠시 망설이다가 젓가락으로 전을 하나 집어 들었다. 그리고 눈치를 살펴 할아버지의 수저에 얼른 올렸다.

"할아버지, 이것도 드셔 보세요."

"그, 그래. 고맙구나."

아니면 어쩌나 했는데……

할아버지 이유가 군말 없이 받아 입에 넣는다.

오물조물 씹는 모습을 보니 순식간에 깐깐한 노인네는 사라지고, 불쌍하고 힘없는 늙은이만 보였다.

이진이 뼈를 발라낸 조기 살을 집어 또 할아버지 이유의 숟가락 위에 올렸다.

이게 통했다.

손자가 올려 주는 반찬을 거부할 할아버지는 많지 않은 법이지.

다음은 데보라 킴, 그다음은 안나, 그리고 메리 앤까지.

이진은 심지어 일어나 밥상 사이를 오가며 음식을 권했다.

그러자 분위기가 조금씩 나아지기 시작했다.

일상적인 대화가 오가면서 웃기도 한다.

식사는 즐거워졌다.

그러나 누구도 일이나 이진의 사고에 대한 말은 꺼내지는 않았다.

❖ ❖ ❖

 식사가 끝나고 차를 마시고 산책까지 했다.
 2마리의 삽살개는 이진을 보더니 원수를 만난 듯 으르렁거렸다.
 '이놈들, 혹시 아는 거 아니야?'
 잠시 혹시나 하는 생각이 든다.
 그러나 곧 꼬리를 흔들며 알랑방귀를 뀐다.
 '자식들! 잠시 쫄았잖아?'
 이진은 삽살개들을 쓰다듬어 주었다.
 산책하는 동안 메리 앤도, 어머니 데보라 킴도 별로 말이 없었다.
 별 소득 없이 샤워를 한 후 잠자리에 들었다.
 전통 한식의 온돌방에 비단 금침이다.
 그러나 잠이 올 리 없었다.
 한참 동안 뒤척이다가 이진은 슬그머니 일어나 밖으로 나갔다. 복도에 즐비하게 걸린 조선조 왕들의 초상화가 생각난 것이다.
 '어디 보자!'
 그림만 봐서는 누가 이성계고 누가 세종대왕인지 분간이 가질 않는다.
 순서대로인가?

"태정태세문단세, 예성연중인명선, 광인효연숙경영, 정……."

이진은 예전에 학교에서 외던 식으로 조선 역대 왕을 순서대로 읊어 보았다.

그때 누군가의 목소리가 들려왔다.

"영조대왕부터다. 나머지는 우리 가문 선대조 분들의 초상화지."

할아버지 이유였다.

"안 주무셨어요?"

"늙으면 잠이 없어지는 법이란다."

지팡이를 짚은 채 비단 잠옷을 입은 할아버지.

톡톡.

한 걸음마다 지팡이가 땅에 부딪치며 소리를 냈다.

"난 영조대왕을 뵐 때마다 늘 네 애비 생각이 난다."

'이분이 영조이신가 보네. 한데 왜?'

애비라면 당연히 이진의 아버지인 이훈을 말하는 것일 텐데…….

아버지로 느껴지지도 않고 본 적도 없으니 어떤 감정이 생겨날 리 없었다.

그러나 가만히 생각해 보니…….

이 몸의 주인인 이진은 아니었을 수도 있겠다 싶었다.

태어나는 순간 잃은 아버지라 하나 그리웠을지도.

"내가 뒤주라는 뒤주에 네 애비를 가둬 죽인 것은 아닌지……."

"…할아버지!"

조금은 엉뚱하면서도 당황스러운 멘트가 할아버지의 입에서 흘러나왔다.

지나치다 못해 과도하다 싶었다. 사도세자에 비유하는 것이다.

그리고 왜 이 돈 많고 빵빵한 테라를 고작 뒤주에 비교하는 것일까?

사실 좀 우습게도 느껴졌다. 그러나 웃을 수가 없었다.

할아버지 이유의 눈에 흘러내리는 한 줄기의 눈물을 발견했기 때문이었다.

그때 할아버지가 이진을 바라보며 말했다.

"차 한잔하겠니?"

"예, 할아버지."

이진은 곧바로 반응했다.

할 말이 있었고, 이미 준비되어 있었다.

저녁에 잠자리에 든 이후 오로지 그 생각뿐이었다.

"이보게, 오 집사!"

"예, 큰 회장님!"

바람처럼 나타나는 오 집사장. 유령이 따로 없다.

"내규장각에서 손자와 차 한잔하려 하니 준비하게."

"예. 큰 회장님!"

밤이 깊어 새벽 1시인데……. 게다가 내규장각?

❖ ❖ ❖

이진은 잠자코 할아버지를 따라갔다.
바로 차를 내어 온 오 집사장.
찻상을 내려놓고 물러간다.
대신 받아 들어야 했다.
품에서 괴이한(?) 열쇠를 꺼내 문을 여는 할아버지다.
곧바로 박물관에서나 날 법한 냄새가 풍겨져 왔다.
'도서관인가?'
규장각이라면 조선의 왕실 도서관 및 기록원.
왕가라 우기니 이름도 그리 붙인 것이 분명했다.
내부는 상당히 넓었다.
어슴푸레한 조명. 24시간 불을 켜 놓는 모양이다.
빽빽하게 한쪽 벽에 꽂힌 검은 표지의 책들이 보였다.
굉장히 많은 양이었다.
'무슨 기록일까?'
궁금해하던 이진.
시선을 돌리니 방 가운데 방석이 2개 보였다.
이진은 그곳에 찻상을 내려놓고 차를 따랐다.
할아버지 이유가 찻물을 한 모금 마시더니 말했다.
"고조부께서 이름을 붙이셨다. TRI의 지하 금고에 있는 외규장각은 가 봤을 것이고……."

아직 가 보지는 못했다.

하지만 이 몸의 주인인 이진은 가 본 것이 분명했다.

어쨌든 이곳은 이진도 처음이란 얘기.

그렇다면 잘됐다는 생각이 든다.

물어보고 싶은 것을 자유롭게 물어도 상관없을 것 같았다.

"모두 선대의 기록이다. 네가 20살 때 읽었어야 할 것들이지."

"송구합니다, 할아버지!"

"아니다. 다 내 잘못이지."

이진이 고개를 숙이자 할아버지는 자신의 탓이라고 했다.

조손 사이가 나빠지며 반드시 해야 할 일을 하지 못한 것이 분명했다.

이진은 차를 마시며 빠르게 주변을 살폈다.

그러다 그만 빵 터질 뻔했다.

웃음은 한번 터지면 걷잡을 수 없는데…….

이 중요한 순간에, 젠장!

벽에 붙여진 액자 중 하나에 써진 글귀 때문이었다.

한문이 아닌 한글.

내용이 정말 웃겼다.

〈성군이 되자.〉

글씨나 잘 썼으면 모를까?

마치 초등학생이 쓴 것처럼 조잡해 보이는 서체였다.

그리고 왜 하필 그걸 보는 순간 '차카게 살자.'가 떠오른 것일까?

이진은 웃음을 들키지 않으려 딴청을 부려야 했다.

그래도 좀처럼 가라앉지 않자 허벅지까지 꼬집어야 했다.

그러나 곧바로 들켰다.

"나도 처음엔 웃었다."

"예? 아, 죄송합니다. 방에 어울리지 않아서요. 한데 누가 쓴 것입니까?"

"네 증조부께서 쓰신 글이다."

"아······."

아! 그래서 걸어 두셨구나.

어쨌든 서예에는 재주가 없으셨던 모양.

시선을 돌리려고 했지만 자꾸 그곳으로 눈이 간다.

여전히 '차카게 살자.'로 읽힌다.

할아버지 이유가 찻잔을 내려놓으며 운을 뗐다.

"선대왕들께서는 하나같이 성군이 되고자 하셨을 것이다."

"···예."

대답이 기어들어갈 수밖에.

언제 빵 터질지 몰라 가슴이 조마조마할 정도였다.

"심지어 연산군께서도 그러셨을 것이다. 왕이 되고 나서 그것밖에 무슨 목표가 더 있었겠느냐?"

그런가?

이진은 할아버지 이유의 말을 가만히 듣기로 했다.

"이국땅에 정착하신 선조들께서도 그러셨다. 늘 성군의 꿈을 꾸었지."

"왕이 되기를 바라셨단 말씀이십니까?"

묻지 않을 수 없었다.

"왕이 아니라 성군 말이다."

그게 뭐가 다를까?

"성군이 무엇이겠니?"

"……."

"백성들이 하고자 하는 일을 하면서 잘 먹고 잘 살도록 하면 성군이지."

"……."

간단하지만 명료한 정의다.

오늘날의 정치인들이 그런 마인드를 가지면 얼마나 좋을까?

"네 증조부께서 하신 말씀이다. 꼭 옥좌에 앉아야만 임금 노릇을 할 수 있는 건 아니라고 말이다."

"그 말씀은……."

"원래 목적에 충실히 한다면 성군과 다를 바가 무엇이겠니?"

왕이 되지는 못할 것이나, 왕이 할 일을 대신 할 수는 있다

가문의 유산 • 141

는 말.

서예에는 조예가 없으셔도, 생각이 깊으신 증조부이셨던 것만은 분명한 것 같았다.

어렵긴 해도 훌륭한 생각이 아닐 수 없었다.

"세상은 숨 가쁘게 달려왔다. 앞으로도 그럴 테지. 그래서 증조부 때부터는 세상으로 나갈 준비를 했다. 그래서 만든 것이 테라지."

"아…!"

"그게 뒤주가 되어 네 아비를 죽게 만든 건지는 모른다."

무슨 의미일까?

이진은 감을 잡을 수 없었다.

"그리고 네가 태어났다. 난 그때서야 영조대왕께서 어떤 마음이셨을지 짐작이 갔다."

"……."

"영조대왕께서는 어린 이산의 모습에서 뒤주에 갇혀 죽은 아들 이선을 보았을지도……."

이선은 사도세자, 그리고 이산은 정조대왕의 이름.

비유가 조선 시대를 왔다 갔다 한다.

"난 그랬다. 내게 넌 이산이다. 그러나 난 영조대왕의 잘못된 전철을 밟지는 않을 게다."

"저기… 할아버지!"

이진은 간신히 입을 열었다.

"네가 망나니 짓 하고 다닌 거 다 이해한다."
"할아버지!"
"내가 변명을 한다 해도 네 생각을 바꾸기는 힘들겠지."
"……."
바꿀 수 있다.

그러나 그렇게 말해서는 안 될 것 같았다. 조손간의 골은 겪어 보지 않고서 가늠할 수 있는 것이 아니었다.

"그 이야기는 네가 이 기록들을 다 읽은 후 하자. 그래야 너도, 그리고 나도 할 말이 있을 게다."
"하, 할아버지……!"
"가문의 유산이다. 부탁이다."
"예, 할아버지!"

이진은 천천히 뜻을 따르겠다 말했다.

할아버지의 눈에 눈물이 고인다.

어쨌거나 필요한 일이었다.

이진이 된 지 불과 두 달도 지나지 않았다.

이 몸으로 살아가려면 이 가문에 대해 상세히 아는 것은 무엇보다 중요한 일이었다.

"고맙구나."

할아버지 이유는 열쇠를 내려놓고는 지팡이 소리를 내면서 밖으로 나갔다.

이진은 서고 안에 홀로 남겨졌다.

기록은 꽤 많은 분량이다.
'대략 일주일이면 읽을 수 있을까?'
한 권을 꺼내 펼쳐 보았다.

〈죽음을 벗 삼아 도착한 이국땅은 낯설고 두려웠다. 그러나 돌아갈 수도 없다.〉

한문으로 적혔다.
일단 이진은 한 권씩 머리글만을 검토해 보았다.
그리면서 혀를 내둘러야 했다.
기록은 권수로 모두 79권.
처음에는 한자로, 나중에는 영어로 기록했다.
그리고 할아버지와 아버지는 한글로 기록을 남겼다.
빽빽하게 지면을 가득 채운 기록들은, 일기이기도 했지만 장부이기도 했다.
가문의 모든 것이 담겨 있는 것이나 마찬가지였다.
일주일 만에 읽고 이해할 수 있는 내용이 아니었다.
시간이 많이 걸릴 것 같았다.

이진은 다음 날 아침을 먹고 메리를 불렀다.
"나 여기 좀 있어야겠어."
"예. 큰 회장님께 전해 들었습니다."

이미 이진이 어떤 결정을 내릴지 할아버지는 눈치를 챈 모양이었다.

"중요한 업무는 일주일에 한 번 보고를 해."

"예, 부회장님!"

메리는 담담하게 대답했다.

"괜찮겠어?"

"뭐가 말씀이세요?"

메리가 되물었다.

"나 안 보고 싶겠냐고?"

"점점……. 농담은 전보다 점점 더 늘어나시는 것 같네요."

"그런가? 아무튼 부동산하고 주식 매도 준비에 각별히 신경 쓰고."

할아버지에게서 허락은 받았다.

그러니 이제 행동에 옮기면 될 일이었다.

"예, 부회장님! 그럼 베저스와 엘론은 어떻게 할까요?"

"진행해야지. 변호사하고 여기로 보내."

"예, 부회장님!"

그렇게 메리를 보낸 이진은 내규장각에 들어앉았다.

빨간 펜도 준비했다.

매일 기록을 읽고 저녁에는 할아버지와 대화를 나눴다.

그렇게 세월은 빠르게 지나갔다.

❖ ❖ ❖

2007년 3월 1일.

"굿모닝, 에브리바디?"

"굿모닝, 써!"

이진의 인사에 회의실에 모인 테라의 핵심 파트너들이 일제히 굿모닝을 외쳤다.

이진의 모습은 꽤나 변해 있었다.

잘 먹고 잘 쉬어서인지 몸무게가 늘고 피부가 밝아졌다.

마치 느긋하게 쉬고 온 모습이었다.

그러나 정신은 잔뜩 벼려 놓은 칼날처럼 날이 섰다.

기록을 읽는 데 석 달.

그러나 그것으로 끝나지는 않았다.

판을 다시 짜야 했다.

모든 것이 달라질 정도로 선대의 기록은 대단한 충격을 주었다.

할아버지 이유의 말대로 가문의 유산이었다.

이진은 하나씩 꼼꼼히 점검하며 새로운 판을 짰다.

할아버지의 조언도 충실히 들었다.

할아버지는 모든 재산을 이진에게 넘겼다. 그러면서 한 가지 약속을 받는 것도 잊지 않았다.

그러다 보니 석 달이 더 흘렀다.

오자마자 회의를 소집한 이진.

먼저 진행시킨 두 가지 프로젝트를 점검해야 했다.

"부동산하고 주식 매도는 잘 진행되고 있나요?"

그동안 진행 상황을 메리앤이 보고를 하고 직접 지시를 내리기도 했다. 그러나 오늘은 담당자에게 직접 들어야 했다.

블라이스와 존 미첨이 분야별로 답변에 나섰다.

묵묵히 듣던 이진.

'대략 75퍼센트 정도네.'

계산은 곧바로 나왔다. 꽤 괜찮은 수치였다.

"한데 부회장님!"

"예. 말씀하세요."

블라이스가 부르자 이진은 곧바로 대답을 했다.

"몇 번이나 내부적으로 검토를 해 봤지만 이렇게 계속 진행해도 괜찮을지……."

"그렇습니다. 부회장님! 현금 보유량이 지나치게 증가했습니다. 또 마땅한 투자처를 찾지 못한 상태입니다."

존 미첨의 의견도 같다.

메리 앤이 슬그머니 입술을 가져왔다.

"장기적으로 손실을 보고 있는 것이나 마찬가지입니다."

맞다. 돈은 잠들면 안 된다.

가지고 있으면 무의미해진다.

하다못해 은행 이자라도 받아야 하는데…….

그러나 지금 모두의 말은 하나의 가정을 전제로 하고 있었다.

경제 전망이 이대로 진행될 것이라는 것.

이진이 대답했다.

"곤경에 빠지는 건 뭔가를 몰라서가 아니에요. 뭔가를 확실히 안다고 생각해서죠."

"마크 트웨인의 말이군요."

블라이스가 곧바로 이진이 인용한 말의 출처를 간파해 냈다.

"그래요. 모두가 지금 경기 전망을 낙관하고 있잖아요."

"예. 물론입니다. 그래서 더 그렇습니다. 돈은 시중에 넘쳐나고 투자처를 찾기는 쉽지 않습니다. 그런데 핵심 투자 자산을 처분하고 있으니……"

핵심 자산은 아니다.

테라 가문의 핵심 자산은 따로 있다.

그건 이제 할아버지와 이진만 아는 일.

어쨌건 함께 일하는 사람들의 동의를 얻지 못하면 일은 힘들어진다.

"좋아요. 그럼……"

이진은 메모지에 빨간 펜으로 글자를 썼다.

〈뉴센츄리파이낸셜, 3월 12일〉

간단한 메모였다.

"이게 뭡니까, 부회장님!"

메리도 의아해하며 물었다.

"그 날짜에 그 회사가 파산 보호 신청을 할 겁니다."

"예?"

"신호탄이에요. 이미 알 만한 사람들은 알 겁니다."

"그럼 연쇄 도산이라도 일어난다는 말씀이십니까?"

"예. 맞아요. 가장 큰 건 뭐가 될까요?"

이진은 작정하고 물었다.

어차피 알려 줘도 믿을 사람은 많지 않다.

이진이 다시 쪽지에 적었다.

"다음은 이 회사가 될 겁니다. 그럼 누가 어려워질까요?"

쪽지를 받아 든 파트너들은 돌려 가면서 본 후 메리에게 돌려보낸다.

이것도 테라의 방식이다.

메리가 폐기한다.

당연히 두 번째 쪽지에는 '리먼'이란 글자가 적혀 있었다.

"전에 주식을 매도하라고 말씀하신 회사들은 모두 다······."

"그렇습니다."

"말도 안 되는······?"

"왜 말이 안 됩니까?"

이진이 말도 안 된다는 블라이스에게 물었다.

"이 회사는……."

잠깐 숨을 가다듬은 블라이스가 설명을 했다.

리먼 브라더스(Lehman Brothers)는 테라처럼 투자은행이다.

역사도 깊다. 무려 150년이니 말이다.

그런 회사가 1년 6개월 후에 파산한다고 하면 누가 믿겠는가?

블라이스 또한 그랬다.

이진은 그런 블라이스의 설명을 묵묵히 듣기만 했다.

이름만 쏙 뺀 리먼의 역사와 전통, 그리고 S&P의 전망까지 듣자 이진이 입을 열었다.

"9.11 때는 어땠어요?"

"그야 부회장님께서 2001년 상반기에 자산을 적절하게 처분하셔서……."

"그랬죠. 그래서요?"

"블랙 스완을 피할 수 있었지요."

"오케이! 지금이 바로 그때예요."

이진이 마침표를 찍었다.

"이대로 갈 거라고 생각하면 안 돼요. 다들 아시겠지만 제가 회사의 전권을 인계받았어요."

"예. 전해 들었습니다."

존 미첨이 고개를 숙였다. 동양식이다.

이제 이진은 누구의 허락을 받지 않아도 된다.
오랜 대화 끝에 할아버지는 결론을 내렸다.

'난 영조대왕처럼 상왕 노릇은 안 하련다.'

적절한 비유였는지는 잘 모르겠다.
아무튼 할아버지는 스스로 물러나기를 고집하셨다.
물론 한 가지 약속을 해야 했다.
"부회장님!"
메리 앤이 이진을 불렀다.
"분명히 파산합니다. 부동산은 가격 떨어진 후 다시 삽시다."
"사다리를 걷어찰 때란 말씀이시죠?"
메리 앤이 힘을 보탰다.
이진이 고개를 끄덕거렸다.
이것이 만약 확실한 정보라면 보안이 필수다. 그래서인지 모두 일제히 입을 다물었다.
"3월 12일 봅시다. 만약 그게 아니면 내가 물러서죠."
이진이 윙크까지 곁들여 동의를 구했다.
굳이 그럴 필요까지는 없었지만, 이들은 모두 한배에 올라탈 선원들이었다.
"예, 부회장님!"

존 미첨이 대답을 하고 나자 곧바로 다른 사람들도 수긍했다.

그때 밖에서 비서 한 명이 회의실 문을 두드렸다.

메리 앤이 일어났다.

"무슨 일이에요?"

"예. 모건 스탠리에서 마이클 랭던 이사님이 오셨습니다."

메리 앤이 의아한 표정으로 이진을 바라봤다.

그녀조차도 통보받지 못한 일이었다.

"안으로 모셔, 메리!"

"예, 부회장님!"

곧바로 정장 차림을 한 남녀 7명이 우르르 회의실로 쏟아져 들어오며 인사를 했다.

테라 직원들은 적지 않게 당황하는 표정이었다.

"모건 스탠리 분들이세요."

"모건 스탠리에서 우리 회사에는 왜……?"

"일단 앉으시죠."

블라이스의 의구심을 진정시킨 이진.

모두가 착석하기를 기다린 후 입을 열었다.

"우리 테라는 기업을 공개할 겁니다."

"예?"

갑작스러운 발표나 다름없었다.

테라는 언더커버였다. 직원들은 모두 당혹해한다.

이진이 말을 이었다.

"공개 후 뉴욕 시장에 상장할 겁니다. 빠르게 진행할 겁니다."

"그럼 모건 스탠리가……?"

메리 앤조차도 놀라며 말했다.

"예. 주관사로 모건 스탠리를 선정했습니다."

거의 폭탄선언.

테라 직원들은 벌어진 입을 다물지 못했다.

"우리 테라는 최단 시간 내에 세계 5위권 이상의 투자 회사로 새롭게 출발할 겁니다."

놀라운 발표였다.

그러나 모건 스탠리 이사 마이클 랭던의 입에 조소가 스쳐 지나갔다.

먼저 물은 것은 테라의 주식 담당 파트너 존 미첨이었다.

"세계 5위권이 되려면 적어도 500억 달러 이상의 순자산을 보유해야 할 텐데요?"

"그렇습니다. 골드만삭스와 우리를 제외하면 아직은 500억 달러 이상의 순자산을 보유한 회사는 없습니다."

마이클 랭던이 기다렸다는 표정으로 존 미첨의 말을 받았다.

사실 이 자리에 있고 싶어 있는 것이 아니었다.

별로 중요하지 않은 업무를 강제로 배당받은 입장.

"압니다. 그건 제가 해결할 문제죠."

"그런 문제를 해결할 방법이……. 설사 테라의 회장님께서 개인적으로 재산을 가지고 계신다 하더라도……."

마이클 랭던이 의문을 제기했다.

메리 앤이 귓속말로 속삭였다.

"상속을 하실 경우 막대한 세금이 부과될 겁니다."

"알아! 그건 내 문제야. 어쨌든 500억 달러 규모로 계획을 수립합시다."

이진은 더는 이의에 답을 하지 않았다.

그리고 회의를 진행했다.

회의는 어느 회사를 지주회사로 할 것인가와 주식 발행과 상장 시점을 추정하는 것으로 이어졌다.

마지막은 모건 스탠리의 수수료였다.

"액면가가 아닌 상장 후 1개월 후의 주가로 수수료율을 정하면 어떨까요?"

"일정 금액이 아닌 주당 퍼센트로요?"

"예."

여우 같은 놈.

경기는 활황이고 테라는 알음알음으로 안전하기로 소문이 나 있었다. 그러니 상장 후 주가가 가장 높은 시기를 저울질해서 수수료율을 정하려는 것.

"불리한 제안입니다. 자칫 배보다 배꼽이 더 클 수 있습니다."

 메리 앤이 귓속말로 속삭였다.

 그러나 이진은 곧바로 대답했다.

 "그렇게 합시다. 단, 내년 8월까지는 상장을 마치는 것을 조건으로 하죠."

 "흠! 검토 후 답변을 드리겠습니다."

 마이클 랭던이 한발 물러났다.

 검토해 봐야 손해 볼 일은 없을 것이라고 생각할 것.

 결론이 난 것이나 다름없었다.

 "그럼 세금 문제만 내가 컨트롤해 드리고 주금만 입금이 되면 끝나는 문제네요?"

 이진은 500억 달러 규모의 투자 회사 설립을 간단명료하게 정리했다.

 "그야 그렇죠. 아웃라인만 잡아 주시고 자금 조달만 해 주신다면……."

 "오케이! 그럼 우리 파트너들하고 세부 사항을 조율해 주세요. 전 바빠서……."

 "직접 진두지휘하시는 것이 아니고요?"

 "에이! 믿을 만한 분들인데요, 뭐!"

 이진은 그렇게 말한 후 인사를 하고는 회의장을 나왔다.

 "오후 업무는……?"

 메리 앤도 헛갈리는 모양. 이 상황에서 다른 업무를 본다는 것도 말이 안 되는 일이란 생각이 들었을 것이다.
"1층에 가자."
"TRI에요?"
"응. 사장하고 이사들 대기시켜."
"예, 부회장님!"

이스트사이드 저택에서 내규장각을 봤다면 이제 외규장각을 볼 차례였다.

금고는 지하 2층에 있었다.

이진이 들어서자 대기하고 있던 TRI 사장 헤이그가 득달같이 달려들었다.

"회장님! 어서 오십시오."

곧바로 회장님이다. 아마 할아버지에게 불려 갔던 모양.

"아직 회장 아닙니다. 먼저 금고부터 봅시다."

"예, 회장님!"

회장이 아니라는데도 꿋꿋하게 회장이라고 부르는 헤이그.

지하 1층은 일반 대여 금고와 은행 금고, 그리고 지하 2층은 테라 가문의 사금고였다.

B2에 엘리베이터가 멈추자 무장 경비가 나타났다.

"여기서부터는 혼자 가셔야……."

"전 여기서 기다리겠습니다, 부회장님!"

메리 앤을 데리고 들어가면 좋으련만…….

절차는 엄격했다.

그렇다고 지금 시점에서 절차를 말 한마디로 뭉개 버릴 수는 없었다.

"그럼 기다려 줄래?"

"당연한 말씀을……. 다녀오세요."

크르르릉.

철창 안으로 들어가자 대형 금고의 문이 열렸다.

여기까지는 접근이 가능하다. 그러나 다음은 아니다.

크르르릉.

문이 다시 잠기자 이진은 철문 사이에 끼어 버렸다.

이진은 목을 더듬었다.

할아버지가 주신 괴이한 모양이 열쇠가 딸려 나왔다.

그러나 열쇠가 있다고 해결되는 것은 아니다.

열쇠 구멍이 천, 지, 인의 세 글자를 따라 뻥뻥 뚫려 있다.

줄잡아 수십 개.

그중 하나에 정확하게 꽂아야 문이 열린다.

다 아는데도 숨이 멈출 것처럼 긴장이 된다.

스르륵. 툭.

끼익.

열쇠를 넣어 돌렸지만 아무런 변화도 없었다.

가문의 유산 • 157

그러나 곧.

기기기깅.

굉음을 내며 거대한 철문이 좌우로 갈라졌다.

역시 박물관에서나 날 법한 냄새가 흘러나왔다.

이진은 들어가서 안에 있는 열쇠 구멍에 키를 넣고 돌렸다.

문이 다시 잠겼다.

가장 먼저 한 것은 열쇠를 바꾸는 일이었다.

열쇠는 수십 개가 놓여 있다.

안에 들어온 사람은 그중 하나를 골라 바꿔야만 문을 열고 나갈 수 있다.

보안 장치치고 현대적이진 않다.

그러나 치밀하긴 했다.

가져온 열쇠를 내려놓은 이진은 다른 열쇠를 골랐다.

열쇠에는 각각 코드 번호 같은 것들이 적혀 있었다.

이진은 주머니에 열쇠를 넣고 이어 내부를 살폈다.

"이거로군."

빼곡하게 정돈된 철제 서랍들.

하나를 열자 처음 보는 화폐가 나왔다.

'흠! 정말 있네.'

10만 달러권이다.

시중에는 유통이 되지 않으며 어떤 것은 소지조차 불법

이다. 그러므로 설사 가지고 있다고 하더라도 효용 가치는 따져 봐야 한다.

어쨌든 진위 여부를 떠나 그런 고액권 화폐가 금고에 가득 쌓여 있는 것이다.

서랍들을 열어 확인을 한 이진.

이번에는 빨간 딱지가 붙은 다른 서랍을 열었다.

안에서는 방부제 냄새가 났다.

내용물은 정부 문서들.

'이것들이 히든카드지.'

이진은 속으로 중얼거렸다.

다시 색깔이 다른 서랍을 열어 작은 상자를 찾아냈다.

안에 들어 있는 것은 이진의 개인 기록.

이것은 사실 지금의 이진에게는 돈보다 중요한 것이었다.

상자를 챙겨 든 이진은 밖으로 나왔다.

금고문이 닫혔다.

"하이, Henry?"

"하이! 회장님은 안녕하시죠?"

"예. 메리 아시죠?"

"알고말고요. 하이, 메리!"

"자, 앉으시죠."

포시즌스 호텔 이진의 룸에 만찬장이 마련되었다.

손님이 오기로 되어 있었다. 그것도 미국 정부의 고위층, 바로 현 재무장관인 헨리 M. 폴슨이었다.

테라 가문과는 이미 아는 상태.

나머지 둘은 재무부 관료들이었다.

약속은 이미 며칠 전에 잡혀 있었다.

한 명은 식탁에 앉지 않고 기록을 한다.

먼저 입을 연 것은 이진이었다.

"절차가 좀 복잡했지요?"

"괜찮습니다. 정부 입장에서도 이 건이 외부에 알려지는 것을 원치 않습니다."

"감사드립니다."

보안 절차 이야기였다.

사실 재무장관의 몸수색을 하는 것은 이진으로서도 부담스러운 일이 아닐 수 없었다. 그러나 사안의 중대성으로 인해 해야만 했다. 다행히 이해를 하는 눈치였다. 정부로서도 이 일이 알려지는 것을 원하지 않는다는 반증.

"그럼 편하게 이야기 나누시죠."

"사실 이 건을 접하고 나서 좀 당혹스러웠습니다."

헨리가 양손을 좌우로 활짝 펴면서 허탈하게 웃었다.

메리 앤은 무슨 이야기인지 몰라 눈을 동그랗게 떴다.

이진이 물었다.

"확인은 하셨나요?"

"물론입니다. 기밀문서로 분류되어 애를 좀 먹기는 했지만요. 각하께서 무엇을 원하시는지 알고 싶어 하십니다."

이진은 미소를 지었다.

지하 금고에 있는 10만 달러 지폐.

그건 시중에 유통된 적이 없지만 진짜 화폐였다.

테라가 10만 달러 지폐를 보유하게 된 것은 1933년으로 거슬러 올라간다.

그해 대통령에 당선된 사람은 프랭클린 루스벨트.

그러나 전임자인 허버트 후버 대통령에게 물려받은 것은 재앙에 가까운 대공황이었다.

루스벨트는 온갖 수단을 강구했지만 뾰족한 수가 없었다.

1930년 가을에 발생한 예금 대량 인출(Bank-Run) 사태는 해를 거듭하면서 걷잡을 수 없이 번져 갔다.

결국 루스벨트 대통령은 1933년 3월 6일 전국적인 '은행 휴업(Bank Holiday)' 조치를 취했다.

그러나 그것만으로 모든 문제가 해결되는 것이 아니었다.

숨통을 틔워 나가야 하는데 돈이 없었다.

그때 나서 준 것이 바로 테라, 이진의 증조부인 이경이었다.

이경은 치밀한 인물이었다. 금과 달러, 그리고 보유 외화를 정부에 제공하는 대가로 별도의 화폐 발행을 요구했다.

덧붙여 면세 및 면책 조항이 첨부된 공식 문서의 작성도 요구했다.

이자율도 정해 두었다.

급했던 당시 정부는 선택의 여지가 없었다.

그것이 바로 지금 테라 빌딩 지하에 잠자고 있는 고액권의 정체.

정부 기밀문서로 분류되어 해제 연한도 없다.

테라에서 요구하지 않으면 영구히 묻힐 판도라의 상자.

그걸 이진이 연 것이다.

한국 같았으면 정부가 묵사발을 내고 부인할 수도 있는 일이었다.

하지만 미국 정부는 달랐다. 주사와 문서 열람이 끝나고, 진위 여부가 가려지자 헨리 재무장관을 뉴욕에 파견한 것이다.

하지만 그냥 돈을 내줄 리는 없었다.

액수가 연방 정부의 재정 운영에 타격을 주고도 남을 정도였다.

이진은 빨간 펜으로 종이에 무언가를 써 가며 되물었다.

"어떻게……?"

"뭘요?"

분위기가 이상하게 흘러간다.

"그거 드리고 돈 받으려고요. 주실 수 있죠?"

"마피아도 아니고……. 그걸 어떻게 한꺼번에 줍니까?"

나직한 목소리로 말하는 이진.

그러나 헨리 재무장관에게는 협박처럼 들렸다.

"그럼 어떻게……?"

"정부는 교환 퍼센트 조정을 요구하려고 합니다. 그리고 지급 기한도 다시 정했으면 합니다."

공식적인 입장은 아니다.

그러나 다 내달라고 하면 거부하겠다는 말이나 다름없었다.

"이자는 받지 않을게요."

이진의 말에 메리 앤이 슬그머니 웃었다.

헨리가 두 손을 펴 든다. 그것만으로는 부족하다는 의미.

"상속세도 낼게요."

"그리고요?"

"우리가 더 뭘 내줄 것이 있나?"

이진이 메리 앤을 보며 물었다.

재무장관 헨리가 웃었다.

이자를 주고 소득세를 받으면 그게 그건데…….

"안 되겠죠?"

이진이 웃으며 다시 헨리를 바라봤다.

헨리가 고개를 끄덕인다.

이미 다 알고 해 본 말이다. 혹시 그대로 해 주면 받고 아니면 말고.

"국채로 받을게요. 기간은 상관없어요."

이진의 입이 다시 열렸다.

이건 좀 다르다.

미국 정부는 어떻게든 수용할 수밖에 없다.

프랭클린 대통령과 윌리엄 당시 재무장관이 서명한 문서를 아니라고 할 수는 없다. 재판으로 가면 대법원까지 시간은 벌겠지만, 정부의 완패로 끝날 것이 확실했다.

이미 법무부에 자문을 구한 상태.

"상속세 면제와 이자 지급을 맞바꾸고, 국채로 교환하되 기한은 상관이 없다. 맞습니까?"

"예. 설사 국채가 시장에 풀리더라도 정부는 할인된 금액만 지급하면 되니 이익이죠."

"국채를 시장에 내놓으실 생각이신 겁니까?"

헨리가 묻는다.

이것이 중요한 터닝 포인트였다. 미국은 다른 나라 정부가 국채를 대량으로 보유하는 것을 바라지 않는다.

"아니요. 새로 출범하는 회사의 자본금으로 예치할 겁니다."

"회사요?"

"예. 투자 회사죠. 대신 설립과 관련한 정부의 협조를 구합니다."

"시간이 필요합니다."

"시간은 많습니다. 천천히 진행하시죠. 저희도 선불리 보유하고 있는 화폐를 공개하지는 않겠습니다."

헨리의 표정이 밝아졌다.

그로서는 오늘의 목표는 달성한 것이나 마찬가지였다.

"좋습니다. 백악관과 협의하죠."

"예. 감사합니다."

회의는 그걸로 끝이 났다.

저녁 식사를 권했지만 헨리는 거부했다. 그만큼 정부에 부담을 줄 만한 액수였다.

그러나 그걸 언급하지는 않았다.

액수는 누구도 언급하지 않았다.

헨리와 정부 관료들이 나가자 메리 앤이 물어 왔다.

"금액이 많아요?"

"응."

"비밀이겠네요?"

"알려 줘?"

"아니요. 한 사람이라도 덜 아는 게 낫죠."

이진은 메리 앤을 바라보며 웃었다.

그리고 미안하다.

한국으로 말하면 첩으로 들어온 메리 앤. 스스로도 그걸 잘 안다.

테라의 악습이 만들어 낸 비극이라면 비극이었다.
"저기, 메리?"
이진이 메리 앤을 굳은 표정으로 불렀다.

제4장

5달러씩 드려요

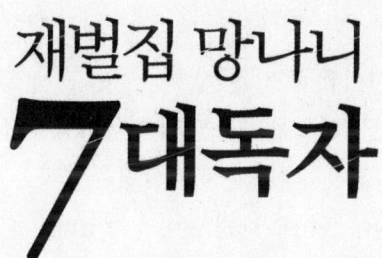

재벌집 망나니
7대독자

"예, 부회장님!"
메리가 부드럽게 대답한다.
부르긴 했는데 무얼 말해야 할지 좀 난감했다.
같이 있고 싶긴 한데…….
"만찬 준비 끝났지?"
"예. 취소하겠습니다."
"아니야. 같이 먹자. 아깝잖아?"
"예?"
메리 앤이 눈을 동그랗게 뜬다.
아깝다는 말은 붙이지 말았어야 했는데…….
"같이 저녁 먹자고."

"예, 부회장님!"

메리 앤은 벌떡 일어나 나가더니 곧바로 다시 들어왔다.

재무장관과 함께 먹으려던 요리가 안으로 들어왔다.

참치 스테이크다. 재무장관 헨리가 즐겨 먹는다고 해서 준비하라고 지시한 것이었다.

식사를 하면서 이진은 메리 앤을 찬찬히 살폈다.

고등학교 과정까지 이진은 홈스쿨링을 했다.

먼저 입양되어 들어온 메리 앤이 함께였다.

메리 앤은 그냥 이진의 가족으로 입양된 것이 아니다.

철저히 가문의 후사를 위해 준비된 후궁이나 다름없었다.

물론 현대 사회에서 그런 것이 강제될 리 없다.

성장해 성인이 되자 메리 앤은 계약서에 서명을 해야 했다.

물론 선택은 자유였다.

그러나 계약서에 서명을 하지 않았더라면 그 이후 모든 지원은 끊겼을 것이다.

할아버지 이유 역시 철저한 분이었으니까.

어쩌면 계약 때문에 싫은데도 테라에 있을 수도 있었다.

28살이다.

"메리!"

"예, 부회장님!"

"혹시 메리 계약 말인데……"

"아, 예."

메리는 곧바로 포크를 내려놓는다.

"지금이라도 마음에 들지 않으면 고칠 수 있어."

"······."

이진의 말에 메리는 대답하지 않았다. 그러자 계약 문제를 들먹인 것이 실수는 아닌지 부담스러웠다.

"연봉 올려 주시게요?"

"그럴까?"

계약을 철회하면 메리 앤은 자유로울 수 있다.

어릴 때는 그렇지 않았겠지만 이제는 다른 꿈을 꾸고 있을 수도 있었다.

그간 모은 돈만 해도 꽤 될 것임이 분명했다.

메리의 연봉은 대략 200만 달러 정도.

많다고도 할 수 없지만 적다고도 할 수 없었다.

메리가 다시 포크와 나이프를 집어 들었다.

그리고 먹기 시작하며 물었다.

"얼마나 올려 주실 건데요?"

"…원하는 만큼."

"제가 돈 때문에 여기 있는 것처럼 보이세요?"

"그런 게 아닌데······."

"제가 좋아서 하는 일이에요. 전에도 말씀드렸잖아요."

메리 앤의 말에 이진은 무어라 말할 수 없었다.

어쩌면 메리 앤은 이진을 가족이라 여기고 있을지도 몰

랐다. 이만큼 가까운 사람은 없으니까.

그러나 가족이라 하더라도…….

"할아버지와 약속을 했어."

"……."

이진의 말에 메리 앤은 여전히 먹었다.

마치 참치와 원수진 것처럼 먹었다.

"최대한 빨리 결혼해 후사를 잇겠다고……."

"누군지 모르지만 속된 말로 봉 잡았네요. 누구예요?"

메리 앤이 농담처럼 말했다.

"아직 정해진 건 아니고, 한국인으로……. 할아버지는 그게 포기가 안 되나 봐."

이진은 나직이 말했다.

할아버지가 받고자 한 약속은 혼인이었다.

21세기에 그것이 뭐가 그리 중요하냐고 따질 일은 아니었다. 테라 가문의 역사에서 가장 큰 문제는 늘 후손이었으니까.

처음에는 심지어 여러 명의 아내를 맞아들이기도 했단다.

그러나 자식은 오로지 본처에게서 난 아들 하나.

아무리 애를 써도 달라지지 않았단다. 그래서 고조부 때부터는 아예 미리 후실을 들이기 시작한 것.

할아버지도, 이진의 아버지도 모두 그 전통을 따랐다.

'재산을 다 날려도 좋다. 테라라는 가문을 다 네가 말아먹어도 난 상관 않는다. 어차피 네 것이니까……'
'할아버지……'
'그런데도 하나만은 포기가 안 된다.'

할아버지 이유가 포기할 수 없는 것.
그게 바로 이진의 결혼이다.
정확히 말하자면 증손자를 보는 것이었다.
그것만 보면 지금 당장 눈을 감아도 좋을 것이라고 할아버지는 말했다. 그래야 저승에 가서라도 아들에게 면목이 설 것이라고…….
이의를 제기해 봐야 가르치는 것이 될 것이 분명했다.
지금 입장에서 그다지 어려운 일도 아닌 것 같았다.
현모양처 맞이해 한번 제대로 살아 보는 것도 괜찮은 일이니까.
성산가 이서경 같은 개XX년 말고 정말 사랑하는 아내 말이다.
그래서 곧바로 '예스.'를 외쳤다.
그런데 그 일에 가장 먼저 걸리는 것이 메리였다.
사실 이진은 메리 앤이 마음에 든다.
아름답고 현명하며 키도 크다. 외적으로 우월한 유전자를 지녔다. 똑똑하기까지 하다.

무엇보다 이진에게 헌신적이다. 당장 결혼해도 지금 이진의 입장에서는 아쉬울 것이 없었다.

그러나 할아버지나 어머니, 그리고 유모는 그렇게 생각하지 않는 것 같았다.

먼저 가문의 대가 끊길까 봐 걱정하는 것이 분명했다.

'세상 참!'

산 너머 산이라더니…….

인생에서 걱정거리는 사라지지 않는다. 심지어 환생해서까지도 말이다.

돈만 있으면 다 될 것처럼 생각한 때도 있었다.

세상은 아이러니가 아닐 수 없었다.

120억 인구가 충분히 먹고살 만큼의 식량이 생산되고 있음에도 불구하고, 하루에 10만 명, 5초에 한 명씩 어린 아이들이 굶어 죽어 가는 것이 바로 세상이니 말이다.

메리가 참치를 잘게 썰어 입에 넣으며 조용히 입을 열었다.

"마음 써 주시는 거 알아요. 하지만 이미 제가 스스로 결정한 일이에요. 신경 쓰지 말아요."

메리 앤이 고맙게도 마침표를 찍었다.

더 거론한다면 그건 모욕이 될 수도 있었다.

"음식이 많네. 메이드 분들도 드시라고 해."

"많이 달라지셨어요."

"그래? 버리면 아깝잖아."
이진은 의미심장하게 웃었다.

2007년 3월 13일.
아침에 주식 담당인 존 미첨과 미팅이 있었다.
"정말 대단하십니다. 뉴센츄리파이낸셜이 파산 보호 신청을 냈습니다."
"그래요? 그거 안됐네요."
이진은 비교적 담담하게 존 미첨의 말을 되받았다.
그러나 마음은 한결 가벼워졌다.
만약 뉴센츄리파이낸셜이 파산 신청을 하지 않았다면……
환생 후 모든 것이 바뀔 수도 있다는 신호로 볼 수 있었다.
다행스럽게도 세상은 경험했던 대로 흘러갈 모양이었다.
"부회장님께서 지시하신 대로 진행해 파산 보호 신청 관련된 문제를 정리했습니다."
"수고 많으셨어요. 모두 존 덕분이에요."
이진은 존 미첨을 격려했다.
그러나 그게 끝은 아니다.
절호의 기회가 눈앞에 있었다.
"그럼 이제 공매도할 주식을 검토 좀 하죠."

"공매도요?"

존 미첨이 눈을 동그랗게 뜬다. 위험한 발상이라고 여기는 것이다.

"하지만 공매도를 했다가 주가가 예상대로 흐르지 않으면 당장 회사 상장에 지장이 있을 수 있습니다."

맞는 말.

공매도 했는데 주가가 오르면 큰 손실을 보게 된다.

그럼 500억 달러 규모의 상장이 물 건너갈 수도 있었다.

공매도 또한 간단한 문제가 아니다.

적절한 시기에 포지션을 청산하지 않으면 재앙이 될 수도 있는 것이 공매도였다.

고작 뉴센츄리파이낸셜 하나의 파산으로 장기 주가 전망을 하락세로 보는 것에는 상식적으로 문제가 있었다.

존 미첨이 걱정하는 것은 그것이었다.

"정말 리먼이 파산할 것이라고 여기십니까?"

"그야 두고 봐야 알죠."

열흘 전에 비해 한발 물러서는 이진이다.

곧바로 빨간 펜을 집어 들었다.

이미 마련해 둔 종목이 있었다.

공매도 후 목표가에 청산하고 다시 살 주식들.

미국 정부가 살려 줄 회사의 주식들을 골라야 했다.

이진은 10여 개의 회사들을 골라낼 수 있었다.

존 미첨이 목록을 받아 들고 밖으로 나갔다.

"메리!"

"예, 부회장님!"

"1층 TRI 제외하고 건물을 비워. 리모델링 좀 하자고."

"예. 알겠습니다."

메리 앤은 씩씩하게 대답했다.

"그리고 이제 웬만한 것은 보고하지 마. 큰 문제만 들여다볼게."

"알겠습니다."

메리 앤은 마치 당연하다는 표정으로 대답했다.

이진은 이제 걸릴 것이 없었다.

세상이 원래대로 돌아간다는 것을 확인했으니 말이다.

며칠 동안 읽은 원래 이진의 기록들이 떠올랐다.

내규장각에서 읽은 기록들에 비해 손색이 없을 정도로 많은 생각들을 하게 됐다.

천재였다.

어떻게 그 나이에 그런 생각들을 할 수 있었을까?

원래 이진의 향후 미래에 대한 전망은 그야말로 완벽했다.

그리고 빨간 펜만 쥐면 그 원대한 계획들이 그대로 머릿속으로 읽혀 들어온다.

마치 박주운이 읽고 본 모든 것들이 빨간 펜에 의해 읽혀지는 것과 같았다.

이진의 포부와 치밀한 계획.

그리고 박주운의 경험.

여기에 테라의 선대가 남긴 엄청난 재산을 더하면…….

이루지 못할 것이 없을 것 같았다.

고작 조선조의 왕이 아니라 이진이 꿈꾼 금융 황제가 되어 세상을 호령할 수 있을 것만 같았다.

그 원대한 계획에 이제 막 시동이 걸리고 있었다.

"오늘 스케줄은 어때?"

"점심을 어머니 회장님과 하셔야 할 것 같습니다. 전화를 주셨어요."

"그래? 그러지, 뭐."

데보라 킴이 점심 약속을 한 모양이었다.

벌써 어머니를 만난 지 한 달도 넘게 흘렀다.

오전에 몇 가지 업무를 더 지시하고 나니 점심시간이 되었다.

점심 약속 장소는 에비뉴6에 위치한 일식집.

어머니 데보라 킴만 있는 것이 아니었다.

대략 마흔 정도로 보이는 한국인 여자가 함께였다.

"어서 와, 아들!"

데보라 킴이 팔을 벌려 이진을 안았다.

"이쪽은 리나 홍 여사."

"이진입니다."

"반가워요. 듣던 것보다 더 미남이시네요. 거기다 재력까지……. 누가 신부가 될지 땡잡는 거겠네요."

이진은 아무 말 없이 자리에 앉았다.

메리 앤이 곁에 앉을까 말까 망설인다.

그때, 데보라 킴이 먼저 입을 열었다.

"메리! 오늘은 자리 좀 피해 줄래?"

"예, 회장님!"

의아한 일이었다.

메리 앤은 인사를 하고는 밖으로 나갔다.

데보라 킴이 먼저 리나 홍을 소개했다.

"주로 한국 재벌가 쪽에 인맥이 많으신 분이셔."

"아, 예."

이제 보니 이건 그냥 식사 자리가 아니었다.

리나 홍은 맞선을 주선하는 로비스트. 나쁘게 표현하자면 뚜쟁이인 것이다.

아니나 다를까?

리나 홍이 핸드백에서 서류 봉투를 꺼내 내놓는다.

"전에 말씀하시고 엄선해 봤어요. 주로 재계 쪽 아가씨들로요."

"수고하셨어요. 어디 볼까?"

"저기, 어머니……."

"할아버지께 약속드렸다면서?"

이진은 곧바로 물러서야 했다.

하는 시늉이라도 해야 한다는 생각이 들었다.

사진이 붙은 서류가 한 무더기 나왔다.

이력서처럼 보이지만 이력서가 아니고 프로필.

데보라 킴은 마치 공부라도 하는 것처럼 하나하나 프로필을 검토한다.

그러다 한 이름을 발견하고는 중얼거렸다.

"성산 정도면 딱이긴 한데……."

'성산?'

이진은 얼른 데보라 킴이 보고 있는 서류를 곁눈질했다.

'이민지?'

틀림없는 이민지였다.

황상진 의원 아들 황영철과 사귀는 이민지.

"그렇죠. 성산이면 OK죠."

리나 홍의 말에 살짝 입술에 비웃음이 스치는 데보라 킴.

비웃음이다. 그만큼 테라에 자부심을 가지고 있는 것.

"더구나 이민지 아가씨는 사귀는 사람도 없어요."

"그래요?"

황당한 이야기가 오간다. 사귀는 사람이 없다니?

"이만식 회장님 아시죠?"

"알죠."

"어떻게 알았는지 이만식 회장님이 직접 저에게 전화까지 주셨더라고요."

"그래요?"

리나 홍은 마치 대단한 일인 양 떠들었지만 데보라 킴은 담담했다.

"현재 미국에 와 있다네요? 한번 먼저 만나 보시는 것이……."

"호호호! 그건 우리 아들이 결정할 문제죠."

"그래도 성산인데……."

"성산이 뭐요?"

리나 홍에게 데보라 킴이 되묻는다.

성산 정도는 아무것도 아니란 걸 어머니인 데보라 킴이 모를 리 없었다.

그때 이진이 입을 열었다.

"한번 만나 보죠."

"정말이세요?"

리나 홍이 반색을 한다.

"만나는 게 어려운 건 아니잖아요."

"그럼 그럴래, 아들?"

데보라 킴은 의외라는 반응이었다.

그러나 이진은 생각이 있었다.

거절하기 좋다. 그러면 그만큼 시간을 벌 수도 있고…….

어쨌거나 할아버지 당부를 들어 드리는 것이고 마음을 편하게 해 드릴 수 있는 일이었다.

"아예 명단을 주세요. 검토한 후 차례대로 만나 보죠."

"정말?"

이진은 전향적으로 대응했다.

평소 못 보던 아들의 반응.

데보라 킴의 미소가 활짝 피어오른다.

"그럼요. 혼인이란 게 인륜지대사인데 한 사람 마음에 든다고 곧바로 할 수 있는 건 아니잖아요."

"그렇게 생각해 주니……. 정말 고마워, 아들!"

"엄마도 참!"

"엄마라고도 다 불러 주고……."

데보라 킴의 눈에 심지어 습기까지 맺힌다.

정오의 신파극이 아닐 수 없었다.

"그럼 제가 다시 추려서……."

리나 홍이 서류에 손을 얹으려 하자 이진이 먼저 집어 들었다.

"그냥 주세요. 우리도 어차피 검토해 봐야 할 테니까요."

"역시 명문이시라서 그런지 확실하시네요. 그러시죠."

데보라 킴이 이진이 사다 준 핸드백에서 봉투를 꺼내 내밀었다.

봉투를 받은 리나 홍은 내용물을 곧바로 확인하더니 입을 쩍 벌렸다.

"아직 시작 단계인데 이렇게까지……."

"좀 더 넣었어요. 성사만 되면 기대해도 좋아요."

"감사드립니다, 사모님!"

"난 회장님으로 불리는데?"

"아, 주의하겠습니다. 회장님!"

돈이 리나 홍을 춤추게 만들었다.

'얼마나 들었을까?'

이진은 문득 궁금했지만 묻지는 않았다.

사소한 대화가 이어지며 식사가 시작되었다.

이진은 간단하게 초밥을 메뉴로 선택했다.

식사가 끝나자 리나 홍이 먼저 자리를 떴다.

데보라 킴이 이진에게 물었다.

"네가 검토해 볼래?"

"아니요. 엄마가 먼저 골라 보세요."

"그래도 되려나?"

"그럼요."

"우리 아들이 이스트사이드에서 몇 달 지내더니 정말 달라졌다. 엄마는 걱정했는데……."

걱정이 이만저만이 아니었을 것이다.

며느리로서, 그리고 어머니로서 어느 편에도 서지 못한

채 마음 졸였을 것.

 차를 한 잔 마시며 이진은 자신이 사 준 핸드백이 잘 어울린다며 설탕도 뿌렸다. 아마 그런 이야기를 듣고 싶어 들고 나왔을 것이란 생각이 들었다.

 데보라 킴은 역시 좋아했다.

 헤어지고 나자 메리 앤이 묻는다.

 "대체 뭐라고 하셨기에 저렇게 좋아하세요?"

 "핸드백이 잘 어울린다고……."

 이진은 그렇게 대답한 후 차에 올랐다. 그리고 물었다.

 "리나 홍 알아?"

 "예. 로비스트죠."

 로비스트는 염병!

 더 물어볼 필요도 없었다. 메리 앤이 알아서 보고를 한다.

 "주로 한국 재벌이나 정치인들의 정략결혼을 로비해요. 저희는……."

 "뭐?"

 "어머니 회장님께서 15만 달러를 착수금으로 지불하셨어요."

 "그 여자, 돈 쉽게 버네."

 메리 앤의 말에 이진은 그렇게 중얼거렸다.

 세상은 요지경 속이었다.

❖ ❖ ❖

성산 강남 사옥.
43층 회의실에는 싸늘한 기운이 감돌았다.
계열사 사장단 회의.
상무인 이재희와 딸 이서경도 보인다. 또 이만식 회장의 동생 이만준 천성그룹 회장도 기다리고 있었다.
이례적인 일이었다.
문이 열리며 이만식 회장이 들어섰다.
그런데 다짜고짜 비서가 들고 오던 것을 낚아채 테이블 위에 집어 던졌다.
엉거주춤 일어나던 계열사 사장들의 눈이 일제히 테이블로 향했다.
오늘 아침 조간신문들이다.

〈코스피 폭락장 연출할 가능성.〉
〈다우 사상 최대 폭락.〉
〈서브프라임 사태 악화일로.〉
〈BNP파리바 펀드 환매 중단.〉
〈…….〉

악재란 악재는 전부 헤드라인에 담겨 있었다.

"다들 보이지?"

이만식 회장은 다짜고짜 입을 열었다.

"연초만 해도 올해 경제 전망이 그렇게 좋다고 병나발을 불어 대더니?"

아예 자리에 가 앉지도 않은 채 핏대를 올리는 이만식 회장.

자주 있는 일이긴 해도 오늘은 정도가 심했다.

"상놈의 새끼들! 경제연구소 박사란 것들이 연봉은 1억씩 받아 처먹으면서 소설책만 읽나?"

분위기는 험악하다 못해 살벌했다.

모두들 긴장하지 않을 수 없었다.

이만식 회장은 장내를 한 번 훑어본 후 자리에 착석했다.

"왜들 말이 없어. 강 실장!"

전략기획실장이 1순위로 호출됐다.

"예, 회장님!"

"너 올해 주가 전망이 장밋빛이라며. 이게 장밋빛이야?"

"송구합니다, 회장님!"

강신우 전략기획실장이 고개를 숙였다.

"야, 이 새끼야! 머리 조아리면 돈이 나와?"

"소, 송구……. 전망치를 수정하도록……."

"아 나, 이 등신 새끼들! 소 잃고 외양간 고치냐?"

곧바로 이만식 회장의 입에서 막말이 쏟아져 나왔다.

연초만 해도 좋았다. 솔솔 미국발 악재가 꼬리를 물긴 했지만 신경 쓸 정도는 아니었다.

그리고 대박도 터졌다. 한미 FTA가 타결된 것이다.

그로 인해 성산의 주력 기업들은 일제히 수출 전망치를 높이기까지 했다.

그러나 잠깐이었다.

미국이 심상치 않았다. S&P와 무디스가 차례로 암울한 전망을 내기 시작하더니, 급기야 파리바 은행이 지급을 중단한 것.

어젯밤에는 미국 다우지수가 사상 최대로 폭락했다.

오늘 성산 주가도 폭락할 것은 자명한 일.

"어떻게 될 것 같아?"

이만식 회장이 숨을 고른 후 다시 물었다.

"미국 가계 소비 위축이 불가피할 것으로……."

"그래서?"

"급격한 침체로 이어질 경우, 한국 내 금융 시장 충격과 대미 수출에도 지장이 올 것으로 보입니다."

"내가 이런 새끼들하고 일을 한다. 너, 지금 보고서 표절했지?"

강신우 전략기획실장은 움찔했다.

머리가 하얗게 변하며 떠오른 것이 하필이면 며칠 전 읽은 골드만삭스 보고서.

다행히 이만식 회장은 더 걸고넘어지지는 않았다.

"일단 미국 내 법인 부동산부터 더 떨어지기 전에 정리해."
"예, 회장님!"
"자칫 심화되면 유동성 위기가 올 수 있어. 재희 넌 어떨 것 같으냐?"

이만식 회장은 특유의 결단력을 앞세워 지시를 내렸다.

그리고 장남 이재희 상무의 의견을 물었다.

아직 공식적이진 않지만 성산 차기 회장으로 거론되는 이재희.

"위험도가 높아지긴 하지만 더 무너지기는 힘들지 않겠습니까?"
"그럼 미국 정부가 개입할 거란 말이야?"
"우리랑 뭐가 다르겠습니까. IMF 때 우리가 살아남은 것처럼……."
"미국 정부가 수혈을 할 것이다?"
"예. 전 그렇게 보고 있습니다."

성산도 국민 세금으로 살아남았다.

그때 이만식 회장은 가장 바빴다.

회사를 살리려고 바빴던 것은 아니다. 그룹 내 기업 중 옥석을 가린 후 부실한 회사를 정부에 떠넘기느라 바빴다.

결과는 일단 성공적이었다. 구조 조정을 명분으로 돈 안 되고 빚만 쌓여 가는 회사는 싹 도려냈으니 말이다.

그 결과 명실상부한 재계 1위로 도약할 수 있었다.

지금 이재희는 미국도 별반 다르지 않을 것이란 말을 하는 것.

"그럼 뭘 해야 할까?"

"그야 현금을 확보해야지요. 폭풍이 스치고 지나가면 남은 것 중 쓸 만한 것을 건져야 하니까요."

이만식 회장이 장남 이재희를 물끄러미 바라본다.

"아버… 아니, 회장님!"

이재희가 말을 더듬었다. 노려보는 것 같았다.

그런데 칭찬이 쏟아져 나온다.

"그래도 피는 못 속인다. 네가 제일 나아."

"가, 감사합니다. 회장님!"

"일단 그렇게들 알고 대응 태세 갖춰. 나가들 봐."

"예, 회장님!"

이만식 회장의 지시에 계열사 사장들이 우르르 회의실을 빠져나갔다.

남은 것은 둘째 동생인 천성그룹 회장 이만준과 이재희, 그리고 이서경이었다.

이만식 회장이 동생을 불렀다.

"만준아!"

"예, 형님!"

"그 일은 어떻게 됐어?"

"일단 그 망나니 놈이 관심을 보였답니다."

"흠! 내가 전화한 보람이 있네."

"형님! 한데 꼭 그렇게까지……."

지금 이만식 회장이 거론하는 것은 테라의 이진이었다.

이만준 천성그룹 회장의 입장에서는 죽을 맛이었다.

이민지는 이미 사귀는 남자가 있고 결혼을 생각 중이라고 했다.

마음에도 드는 집안이었다.

국회 법사위원장인 황상진 의원의 아들이었으니까.

한데 느닷없이 이만식 회장이 조카 결혼에까지 관여하고 나선 것이다.

아무리 큰형님이지만 너무하다는 생각이 들 수밖에 없었다.

게다가 소문도 안 좋은 놈을 거론하니 더 속이 탔다.

"왜? 마음에 안 들어?"

"개망나니라던데요. 작년에는 황 의원 아들한테 손찌검까지 했답니다."

"그래서?"

이만식 회장이 동생을 쏘아본다.

이만준 회장은 얼른 고개를 숙여야 했다.

"너 같으면 황 위원장 따귀 날릴 수 있겠어?"

"그야……."

불가능할 것이다. 아무리 화가 나도 뒷일을 생각해야 하니까.

"그것만 봐도 보통 놈 아니야. 아무것도 걸릴 게 없는 놈이란 뜻이지. 가진 게 많다는 뜻이고."

"아버지! 그 테라 말입니다. 알려진 것으로는 투자은행 하나던데요."

"예, 형님! 그것도 소매 금융을 주로 하는……."

이재희가 나서며 의문을 제기하자 이만준도 용기를 내봤다. 그러나 돌아온 것은 핀잔뿐이었다.

"한심한……. 니들이 몰라서 그렇지, 그 영감네 집안이 아버지도 함부로 못한 집안이야."

"아버지가요?"

전대 성산 회장 이성철.

성산을 창업했고 아들인 이만식에게 물려준 입지전적인 인물이다.

"아버지 당부가 계셨어. 내가 재작년 백악관 초청 만찬에서도 만났었고. 보통 노인네 아니야."

"하지만 그래도……. 대체 뭘 보고요?"

여전히 의구심을 풀지 못하는 동생.

"뭘 보긴. 돈이지. 그 집안이 우리로 말하면 명동에서 가장 큰 사채업자야. 그렇게들 알아 둬."

이만식 회장은 그렇게 딱 잘랐다.

그러면서 아버지인 이성철이 죽기 얼마 전에 테라에 대해 이야기했던 것을 떠올렸다.

'절대 만만히 볼 집안이 아니다. 가능하다면 손을 잡는 게 좋아.'
'잡지 못하면요?'
'적이 되지는 말아야지.'
'만에 하나 적이 되면요?'
'그럼 정상적인 방법으로는 백전백패야.'

아버지가 그렇게까지 표현한 인물은 박정희 이후 처음이었다.
어쨌든 테라와 관련된 비밀은 차고 넘쳤다.
몇 번 접촉을 시도하기도 했지만 얻은 것도 없었다.
이유는 보통 깐깐한 노인네가 아니어서였다.
그런데 이제야 그 실체에 접근할 기회가 온 것이나 마찬가지.
개망나니로 소문이 나긴 했지만 테라의 유일한 상속자인 이진.
이미 상속 절차를 시작한 것 같다는 정보가 들어왔다.
테라의 상속 절차는 맞선이다.
예전에도 자식이 혼인을 하면 곧바로 테라 가문의 수장이 바뀌었다.

그때도 입질은 했었다.

아버지 이성철 회장은 여동생인 이서라를 앞세웠었다.

그러나 복병처럼 나타난 데보라 킴이라는 한인 교포 여자로 인해 실패하고 말았다.

그러니 이번이 재수였다.

'서경이가 젊었으면 딱 좋았을 것을······.'

이만식 회장은 아쉬웠다.

자기 딸을 테라에 시집보내지 못하는 것이 말이다.

그래도 남보다는 조카가 나을 것.

리나 홍에게서 테라 가문이 며느리를 찾는다는 정보를 얻은 후, 곧바로 조카 중 이민지를 앞세우기로 결정했다.

다른 것은 아무것도 상관이 없었다. 조카가 좋아하는 놈이 있든 없든, 취향이며 바라는 남편상 같은 것도 상관없었다.

"쉽게 볼 집안이 아니야. 그 집 재력을 제대로 아는 사람은 아무도 없어."

"그 정도로요?"

"그러니까 내가 민지를 주선한 게야."

이만식 회장이 마치 엄청난 혜택이라도 주는 것인 양 말했다.

동생은 머리를 숙일 수밖에.

"민지 잘 타일러. 그리고 서경이 너!"

"예, 아빠!"

"네가 뉴욕에 가서 민지 데리고 만나."

"예?"

이서경이 당황해하며 되물었다.

"그래도 성산에서 나서 줘야 데보라인지 브라보인지 하는 여자가 생각을 더 할 것 아니야?"

"하지만 전 바쁜데요?"

"만날 서방질이나 하고 다니지 말고, 너도 회사를 위해서 뭔가를 좀 해."

"아빠는. 작은아버지도 계신데······."

이서경이 창피하다는 표정으로 눈을 흘겼다. 그러나 이어 나온 이만식 회장의 말에 표정이 곧바로 바뀌었다.

"네가 이 일을 잘 매듭지으면 패션을 한번 생각해 보마."

"정말이죠?"

일은 예상외로 빨리 진행이 되었다.

백악관에서 한 달 만에 사인이 왔다.

〈미합중국 제43대 대통령 조지 W. 부시는 수정 헌법 및 법령이 정한 바에 따라 테라에 미지급 채권 지급을 결정하

였음.〉

……

이진은 곧바로 약정서에 서명했다.

지금이 부시 대통령의 임기 말임을 감안할 때, 복잡한 문제를 만들어 공화당에 부담을 주고 싶지 않아 서둘러 결정을 내린 것이 분명했다.

채권이 금고로 입고되기 시작했다.

채권 상환 기간을 상관하지 않은 것이 주효했다.

어쨌든 국채이니 자본금으로 손색이 없다. 당장 싸워야 할 군인이 실탄을 지급받은 것이나 다름없었다.

너무 빠른 진행에 주관사인 모건 스탠리가 당황할 정도.

그러나 당황할 만한 사건은 그다음에 일어났다.

서브프라임 사태가 걷잡을 수 없이 번져 가기 시작한 것이다.

이대로 상장했다가는 상당한 타격을 입을 것이 분명했다.

상장 예정 기업들은 줄줄이 상장을 연기했다.

당연히 모건 스탠리에서는 테라의 상장 연기를 제안했다.

이대로 가면 상장에 실패할 가능성도 충분히 있다는 설명.

테라 파트너들의 입장도 다르지 않았다.

그러나 이진은 곧바로 거부했다.

7월 10일에 상장이 이루어졌다.

주가는 예상대로 폭락하기 시작했다.

당연히 모건 스탠리도 울상. 막대한 규모의 수수료가 날아가 버리고 있었기 때문이었다.

이진은 상장 후 한 달이 다 되어 가자 모건 스탠리에 수수료 정산을 요구했다.

받는 사람이 아닌 주는 사람이 요구하고 나선 것.

주가 전망은 올 부정적.

이후 전망도 밝지 않다고 여겼는지 모건 스탠리가 다른 제안을 해 왔다.

주식으로 수수료를 받기를 원한다는 것이었다.

장기적으로라도 추정 수수료를 회수하겠다는 뜻이었다.

이진은 곧바로 OK했다.

모건 스탠리는 울며 겨자 먹기로 테라의 주주가 되었다.

상장이 완료된 것이다.

그러나 산 너머 산이었다.

"모건 스탠리에 한 방 제대로 먹였습니다만……. 주가가 걱정입니다."

"그냥 둬요. 오르는 날도 있겠죠."

주식 파트너 존 미첨은 이진의 반응에 혀를 내둘렀다.

공모가 15달러, 목표가는 90달러로 책정했다.

그런데 주가는 상장 이후 단 하루도 오르지 못하고 하향 곡선을 그리고 있었다.

"주가가 이번 주에는 5달러 아래로 진입할 것 같습니다. 평가 손실만 어마어마합니다."

"괜찮아요. 그냥 둬요."

여전히 같은 대답.

회의랄 것도 없었다. 돈이 있다면 주가 방어에 나서서 기업 가치를 제고하는 것이 일반적. 그러나 그러지 않는 걸 보면 테라 가문에 돈이 없는 것이 아닐까?

존 미첨이 의심해 볼 만한 대목이었다.

그러나 오히려 돈이 많은 것이 문제였다.

정부에서 받은 채권 총액은 거의 1조 달러에 달했다.

물론 장기 채권이 대부분이었지만 언제든 현금화가 가능하다.

이자와 상속세를 상쇄하고, 순수하게 남은 돈만 1조 달러.

그러니 주가가 하락하면 오히려 유리했다.

돈이 넘쳐 나니 언제든 대량으로 매입해 지배권을 확고히 할 수 있었다.

버티면 기업 가치는 저절로 오를 것.

"그보다 골드만삭스하고 모건, 그리고 몇 개 회사 주식을 매입합시다."

"예?"

"모건 스탠리가 우리 주주이니 우리도 그쪽 좀 사야지요."

존 미첨이 놀라 눈을 동그랗게 떴다.

"각각 주목받지 않을 정도로요. 하지만 유사시 주총에는 영향을 주면 좋겠죠?"

"하지만 그 막대한 자금을 어떻게……."

"자금은 걱정 말아요. 나 돈 많아요. 가능하겠어요?"

"물론 가능합니다. 그러니까 1등이 되지 않는 선에서……."

"앱솔루트리! 바로 그겁니다. 아버지 모토가 뭐예요? 1등은 하지 말라는 거잖아요."

"그렇습니다."

이진의 아버지 이훈은 아주 뛰어난 인물이었다.

테라의 모든 경영 원칙들을 직접 입안하고 완성해 나갔다.

1등이 되지 말라는 것도 그중의 하나.

"그리고 직원들 스톡옵션 말인데……."

이진이 상장 시 직원들에게 약속한 스톡옵션을 거론했다.

메리 앤이 나섰다.

"직원들 실망이 큽니다. 주가가 크게 상승할 줄 기대했는데……."

"메리도 실망이 커?"

"부회장님!"

메리 앤이 언성을 높였다.

존 미첨을 바라보니 실망스럽긴 한 표정이었다.

이진이 웃으며 말했다.

"스톡옵션을 행사하고 싶은 직원들에게는 기회를 줘요.

목표가가 얼마였죠?"

"90달러입니다만……."

"그 가격으로 합시다."

"90달러라니요? 말도 안 됩니다."

존 미첨이 의외로 강경하게 나왔다. 그건 그만큼 회사를 걱정한다는 뜻. 그게 아니라면 90달러를 챙기기 위해 얼씨구나 했을 것이다.

이진은 적절하게 옥석을 가려내고 있었다.

미국 정부도 적은 아니다. 적이라면 미루면 미뤘지, 과거 정부의 약속을 제대로 지킬 리는 없으니 말이다.

아무튼 좋은 기회였다.

2007년 여름의 월 스트리트는 IMF와 카드 대란 때의 테헤란로, 혹은 여의도와 다르지 않았다.

길바닥에는 노숙자들이 눈에 띄게 늘어났다.

하루에 한 번꼴로 빌딩에서 다이빙을 하는 사람들 소식이 들려오기도 한다.

그야말로 아수라장이 아닐 수 없었다.

있는 것도 팔아야 할 시점.

그런데 스톡옵션을 고가에 행사하도록 보장해 주는 회사!

"메리는 이걸 매스컴에 좀 알리고."

"예, 부회장님! 요란하게 깡통을 흔들란 말씀이시죠?"

"오케이! 바로 그거야."

존 미첨은 입이 있어도 할 말이 없었다.

"직원들 스톡옵션 행사 건은 TRI하고 상의해요. 존!"

"자금 여력이 괜찮을지······."

여전히 걱정인 존 미첨.

"내가 다 사 줄게요. 직원들 주머니가 풍족해야 일할 맛이 나죠."

존 미첨은 혀를 내둘렀다.

메리 앤만 피식 웃는다.

"다음은 5달러네."

"5달러요?"

정부로부터 채권을 받으면서 별도의 서류에 서명을 해야 했다.

미국 정부는 적대적인 국가나 기업에 국채가 대규모로 넘어가는 것을 제한한다.

그래서 국채 양도를 제한하는 약정을 강요한 것이다.

미국 기업 혹은 개인으로 제한이 되어 있었다.

또 재무부에서 지정한 제한 기업이나 개인에게도 양도를 불허했다.

그러나 지금 이진이 가진 막대한 국채를 온전히 받아 줄 만한 곳은 어디에도 없었다.

이진은 그걸 고민해야 했다.

1조 달러에 달하는 국채를 기한이 되지 않아 환매하면

손해도 이만저만이 아니다.

또 국채 시장을 교란시킬 수 있고, 정부 정책에 부담을 준다.

그걸 해소할 방법을 찾아야 했다.

방법은 명상 중에 나왔다.

-5달러.

아침 명상이 계속되면서 기이한 일이 벌어졌다.

이진의 기억을 더듬게 되고 나서부터는 단 하나의 문제만이 명상 중에 나타났다.

바로 '키워드'였다.

이번에는 5달러가 키워드였다.

이 키워드를 가지면 다음은 비교적 순조롭다.

이진의 문제는 이진의 기억 속에서, 그리고 박주운의 문제는 박주운의 기억 속에서……

빨간 펜만 손에 쥐면 해결의 실마리는 물론 과정까지 전부를 들여다볼 수 있었다.

그러면 루틴이 저절로 만들어졌다.

그야말로 서프라이즈였다.

명상과 빨간 펜.

그건 곧 프라이밍(Priming)&루틴(Routine)이라는 공식이 되었다.

해야 할 일과 그 일을 어떻게 해 나가야 하는지가 명확하다.

이진은 더 자신감을 가질 수 있었다.

"메리?"

"예, 부회장님!"

이진이 일어나면서 묻자 메리 앤이 무슨 생각을 하다가는 주춤거리며 일어난다.

"TRI 주요 고객분들 명단 있지?"

"예. 당연합니다."

TRI는 소매 금융업을 주로 해 왔다. 역사가 오래되다 보니 고객들의 충성도와 신뢰도가 상당히 높았다.

따지고 보면 할아버지의 인맥이었다.

"그분들한테 채권 매입을 권유하는 마케팅을 해."

"예. 아마 상당 부분은 소화가 될 겁니다."

메리 앤이 웃으며 대답했다. 그녀가 아는 알부자들만도 넘쳐 날 것.

"그리고 매입한 채권으로 다시 우리 테라 지분을 확보하도록 권해 드려."

"가격을 얼마나……?"

"시장가로 해. 원하면 가지고 있어도 좋고 말이야."

정말 기발한 아이디어다.

채권을 팔아 자금을 확보한다. 그리고 그 채권은 다시 나간 주머니로 돌아오는 것이다.

게다가 지분 구조를 평활하게 하는 효과도 있다.

물론 평가손이 생긴다. 그러나 자금만 충분하다면 평가손은 말 그대로 평가 손실일 뿐.

골드만삭스와 모건 스탠리의 주식을 확보하면 그들도 방어 차원에서 테라의 지분을 확보하려 들 것이다.

그때는 팔 때였다.

버티기만 하면 된다.

게다가 부동산 투입 자금과 공매도한 주식도 엄청났다.

대충 아웃라인은 만들어졌다.

"그리고 한 며칠간 잔치 좀 하자고."

"잔치라니요?"

이진이 웃으며 메리 앤과 존 미첨을 바라본다. 미소가 음흉하다.

"TRI 계좌를 가지고 있는 모든 고객들에게 1주씩 나눠 주자고."

"예?"

존 미첨이 먼저 반응했다.

그 수가 엄청나다. 오래되었기 때문에 말이다.

"떠들썩하게 해. 기존 고객, 그리고 신규 고객에게도 주식을 한 주씩 무조건 배당을 하는 마케팅을 추진해 봐."

"……"

"그리고 곧바로 팔 수 있도록 절차를 최대한 간소화해."

"예, 부회장님!"

메리 앤은 무슨 의도인지 알아챘다.

"고객들이 가지고 있는 주식들도 사 주도록 해. 단, 채권으로."

"예, 부회장님! 아마 지금 사정에서는 당연히 상당수가 주식보다는 채권을 선호할 겁니다."

메리 앤은 이진을 찬양했다. 그러자 이진은 더 나아갔다.

"아! TRI 신규 계좌 개설 고객에게 1주씩 배당을 하자고. 그 주식은 바로 TRI에서 매입할 수 있게 해 주고."

"예. 얼마로 할까요?"

"5달러."

"예, 부회장님!"

"단 1인 1주야."

"예, 알겠습니다."

일은 척척 진행된다.

하지만 존 미첨은 여전히 아슬아슬한 모양이었다.

"하지만 부회장님! 그 돈이……."

"벌었으면 베풀어야죠. 그래 봐야 하루에 1,000만 달러 이상 안 들어요."

"예? 아, 예."

1,000만 달러. 원화로 100억이 넘는다.

누구에겐 평생 꿈에서나 만져 볼 만한 금액이다.

그 돈을 그냥 뿌리겠다는 것.

"며칠이나……."

"소문 제대로 나면 3일로 하죠."

"예, 부회장님! 충분할 겁니다. 1인 5달러면 200만 명. 설마 600만 명이 계좌를 개설하겠어요?"

"600만 명이라고 해도 3,000만 달러야. 그렇게 진행해."

"예, 부회장님!"

며칠이 지나자 계획이 입안되고 곧바로 마케팅이 시작되었다.

당연히 월 스트리트 저널을 비롯한 매스컴의 관심을 받을 수 있었다.

다들 망해 가는데 돈 나눠 주는 테라.

소문은 제대로 나기 시작했다.

심지어 외국 언론들도 테라에 카메라를 들이밀었다.

계좌를 개설하고 주식 한 주를 받기 위해 테라 빌딩 앞에는 새벽부터 줄이 늘어섰다. 장사진이었다.

물론 대부분은 노숙자들. 그러나 그 안에서는 테라의 주요 고객들이 채권을 사들이기 시작했다.

테라와 진 리란 이름은 일파만파 퍼져 나갔다.

다음은 망한 회사에서 인재를 영입하는 것.

이진은 그것에도 공을 들였다.

수많은 회사들이 정리 해고에 들어갔다.

그중에는 꽤나 유능한 인재들이 즐비했다.

테라의 스톡옵션 지급에 혀를 내두른 인재들은 너도나도 할 것 없이 입사를 희망했다.

마지막 남은 것은 취임식.

회장 취임식을 성대하게 할 생각이었다.

요란하게…….

이 지옥 같은 아귀다툼 속에 테라는 천국이란 것을 알릴 생각이다. 지구 반대편까지 들리도록 말이다.

이것은 이진의 생각이었다. 박주운의 생각이 아니다.

아버지의 죽음, 그리고 첫 사랑 샤롤의 죽음.

그것에서 무언가 냄새를 맡은 것이 분명했다.

그럼에도 이진은 그 죽음을 피하지 못한 것도 사실이었다.

그래서 박주운이 이진이 된 것.

신은 무엇을 시키려 하는가?

상관없었다.

개새끼들은 밟아 주고 약한 자는 보호한다. 왕가의 후손답게.

그리고 정말 황제가 될 생각이었다.

금융 황제가…….

"점심에 약속이 잡혀 있습니다."

"아직도 줄이 길어?"

의자를 빙빙 돌리던 이진은 다른 걸 물었다.

예상보다 마케팅 행사는 오래 진행되고 있었다.

예상대로 하루에 200만 명이 오지는 못한 것이다.

"예. 오늘 점심 약속은 꼭 나가셔야 한다고 어머니 회장님이 당부하셨습니다."

맞선인 모양. 이진은 잠깐 실망했다.

그러나 하겠다고 한 것이니 어쩔 수 없었다.

그렇다고 메리 앤 앞에서 무조건 오케이하는 것도 좋지 않았다.

"난 메리랑 오붓하게 점심 먹으려고 했는데??"

"달콤한 제안이시긴 합니다만, 그건 안 될 것 같습니다."

메리 앤이 웃으며 고개를 흔들었다.

"오케이! 그럼 할 수 없지. 누구야?"

"저기… 이민지 양입니다."

메리 앤의 목소리가 기어들어갔다.

"와우! 서프라이즈네. 황영철도 같이 온대?"

"부회장님!"

메리 앤이 따끔한 시선을 보내며 압력을 가했다.

"오케이! 둘이 점심 먹으란 말이지? 밥이 목구멍으로 넘어가려나?"

"누가요?"

메리 앤이 묻는다.

"그야 민지지."

"LA에서 오셨습니다. 마땅히 점심 정도는 먹여 보내야 합니다."

"오호! 민지가 나랑 맞선을 보려고 아메리카 대륙을 횡단하다니……."

이민지는 UCLA에 다닌다.

"예의상 잘 접대해 보내 주실 것을 당부 드립니다."

"알겠어. 그래도 황영철은 안 나타났으면 좋겠다. 걔 성격으로 봤을 때 민지가 나랑 맞선 보는 걸 알면 총이라도 사 올 놈이야."

"주의하겠습니다. 호텔 커피숍입니다."

농담인데 주의하겠다고 말하는 메리 앤.

만날 장소는 포시즌스 호텔 커피숍이라고 한다.

"이민지 양은 동행이 한 명 있습니다."

"리나 홍?"

"아닙니다. 친척으로만 알고 있습니다."

친척이라?

천성 그룹의 누군가이거나, 아니면 성산의 누군가다.

"꼭 나갈게. 꼭!"

이진은 입에서 나오는 말에 힘을 꾹꾹 주어 대답했다.

❖ ❖ ❖

점심시간이 되자 이진은 사무실을 나섰다.
이민지라니?
적당히 데리고 놀다 모욕을 준 후 돌려보낼 생각이었다.
못 보던 정장 남자 한 명이 이진을 발견하고 다가온다.
메리 앤이 입술을 귓불에 들이대며 속삭였다.
"국토안보부 비밀 경호국(United States Secret Service)에서 파견한 제임스 케인입니다."
케인이 다가오며 손을 내밀었다.
"써!"
"하이! 잘 부탁드려요."
인사는 그걸로 끝이었다.
링컨 대통령이 창설한 재무부 비밀 경호국은 원래 위조지폐 단속을 하는 조직이었다.
이후 1901년 윌리엄 매킨리 대통령 암살 이후, 요인 경호를 담당하는 조직으로 바뀌었다.
그리고 9.11 테러 이후 신설된 국토안보부에 편입되었다.
이진은 1등급 경호 대상이 되어 있었다.
막대한 국채 보유자이기 때문이었다.
엘리베이터에 타자 메리 앤이 보고를 했다.
"장기 예상 스케줄은 한 달에 한 번, 그리고 변경되는 스케줄은 매일 아침에 공유합니다."

"그래? 부족한 거 없이 잘해 줘."

"예, 부회장님!"

부족한 거 없이 잘해 주라는 건 원하는 것 이외에도 챙겨 주란 뜻.

언젠가는 필요할 때가 있을 것이다.

이진의 목소리는 담담했다.

그러나 속으로는 원하던 것이 이루어졌다는 것에 만족했다.

이건 빨간 펜의 계획.

만약 테라를 노리는 누군가가 있다 해도 이제 섣불리 덤비지 못할 것이다.

미국 정부 경호 1등급 대상 요인에게 테러를 하는 것은 미국을 공격하는 것으로 간주될 테니 말이다.

"약속 장소는 어디야?"

"호텔 레스토랑 VIP룸입니다. 옷 갈아입으시기 편하시게 정했습니다."

"잘했어, 메리!"

이진은 여느 때처럼 메리 앤을 칭찬했다.

메리 앤은 늘 웃는다.

그러나 이런 칭찬을 들을 때면 더 화사하게 웃는다.

선보러 나가는 걸 알면서도 말이다.

참 특이한 여자였다.

테라 빌딩 로비를 나서자 차량 3대가 대기하고 있었다.

"근접 1차는 우리 테라에서, 2차는 비밀 경호국에서 맡기로 했습니다."

"오케이! 출발!"

이진은 경호원들에 에워싸여 차에 올랐다.

포시즌스 호텔 레스토랑 VIP룸.

이서경의 앞에는 월 스트리트 저널이 놓여 있었다.

"뭐라고 쓰여 있니?"

"고모가 읽으세요."

이민지의 대답은 일견 무성의하기 짝이 없었다.

"근데 너 기분이 왜 그래?"

"제가 뭐요?"

"LA에서 오는 내내 퉁퉁 부어 있잖아?"

"아니에요. 뭐라고 쓰여 있느냐 하면……."

이민지가 하는 수 없이 헤드라인을 읽었다.

자칭 이대 나온 여자인 고모 이서경.

아는 영어래 봐야 쇼핑할 때 내지르는 뷰티풀이나 서프라이즈가 전부다.

물론 욕은 곧잘 한다.
"Angels or Demons(천사인가, 악마인가)?"
"그러니까 그게 뭐냐고?"
무슨 이런 한심한 질문이 있는지…….
이대 나온 거 맞아?
"천사인지 악마인지 모르겠단 소리야."
"오! 뽀다구 난다. 넌 뭐라고 생각하는데?"
"개망나니야. 유학생들 사이에서 소문이 그래."
"개망나니면 어때. 돈만 많으면 되지. 게다가 존나 잘생겼다."

이서경이 잡지 표지를 장식한 이진의 얼굴을 쓰다듬으며 말했다.

이민지의 안색이 더 참담해진다.

"또?"
"재무장관이 상속세가 얼마인지 확인을 거부했다는 얘기야."
"그럼 세금도 다 냈다는 말이야? 우리 아빠하고는 완전 다르네. 얼마나 될까?"
"미니멈 1억 달러라네요."

연일 터지는 테라 관련 뉴스.

상속세만 최소 1억 달러. 테라 시가 총액 1,000억 달러.

뉴스가 안 될 수가 없었다.

거기다 이런 불황에 무턱대고 상장을 하고 이어 주식을 나눠 준 후 되사 간다.

원 플러스 원이란다.

노숙자들도, 그리고 매스컴도 벌 떼처럼 달려들었다.

이진은 더 이상 예전에 이민지가 알던 개망나니가 아니었다.

'이럴 줄 알았으면…….'

이놈을 물었어야 했는데…….

국회 법사위원장의 아들이란 것밖에는 아무것도 내세울 것이 없는 황영철이 초라해 보인다.

그런데 이진은 이미 다른 물에서 놀고 있었다.

미국 재무장관이 이진 때문에 언론 브리핑을 해야 할 정도.

아쉽다. 그러나 이미 늦었다. 이미 속까지 다 뒤집어 보여 주고 말았다.

남자라면……. 아무리 진보적 성향을 가지고 있다고 하더라도…….

남들 보는 앞에서 남자 친구와 섹스까지 한 여자를 아내로 맞겠는가?

'아, 쪽팔려서 어떻게 해?'

그런데도 이민지는 이 자리에 나올 수밖에 없었다.

큰아버지의 명령을 거역할 수 없었기 때문이었다.

사실 천성그룹은 성산의 자회사나 다를 바가 없었다.

"대체 테라 자본금이 얼마야?"

"1,000억 달러는 되나 봐."

"그러면 몇 원이야?"

"한 100조 원? 거의 다 테라 가문에서 가지고 있나 봐. 게다가 7대 독자잖아."

"어머나, 세상에! 아빠 지분도 거기 비하면 구멍가게다. 너 잘해 봐라."

"……."

이민지는 고모 이서경의 말에 더 속이 쓰렸다.

맞다. 구멍가게다.

성산의 시가 총액은 대략 300조. 그러나 이만식 회장이 가진 지분은 그중 9퍼센트 정도에 불과하다.

그런데 테라의 경우는 다르다. 90퍼센트 이상을 테라 일가가 소유하고 있는 것으로 추정된다.

"너 이 혼사 잘되면 나중에 모르는 척하기 없기다?"

고모 이서경이 헛소리를 해 댔다.

그때 문이 열리며 검은 정장의 남자 셋이 들이닥쳤다.

"Ma'am! 비밀 경호국입니다. 잠시 실례 좀 하겠습니다."

"뭐래니?"

영어가 짧은 이서경이 이민지에게 물었다.

"비밀 경호국이래. 보안 검사하나 봐."

"뭐? 그럼 미국 대통령 경호하는 그?"

이서경이 놀라든 말든 비밀 경호국 요원들은 금속 탐지기와 폭발물 탐지기를 동원해 룸 곳곳을 뒤졌다.

그도 모자랐는지 핸드백까지 탈탈 털게 한 후에야 나갔다.

모욕적인 일이었지만 이서경은 그저 신기한 모양.

다시 약 10분 후, 문이 열리며 메리 앤이 들어섰다.

"불편하셨죠? 죄송합니다."

사실 보안 검사까지 할 필요는 없었는데 이진이 고집을 부렸다. 그래서 메리 앤이 사과하는 것이다.

메리 앤을 보는 이민지의 마음은 착잡했다.

무수리니 상궁이니 하며 놀려 먹던 여자.

그런데 오늘은 이 혼사의 키를 쥔 대전 상궁쯤은 되어 보였다.

그때, 룸 안으로 고개를 내밀던 이진은 순간 걸음을 멈춰야 했다.

어디서 많이 본 여자가 안에 있었다.

악처 이서경.

그년이 지금 룸 안에 있는 것이다.

친척 중 누군가 온다는 이야기는 들었지만, 그게 저 개X년일 줄이야?

'오호! 일이 재미있게 돌아가네?'

이진은 속으로 쾌재를 불렀다.

애초에 계획했던 플롯은 전면 수정해야 했다.

안에서 목소리가 들려온다.

"오랜만이에요."

"예, 아가씨! 한데 이분은……?"

"우리 고모님이세요. 성산패션 이사님으로 재직 중이시고요."

이사 좋아하네?

이대 나온 건 얘기 안 하는 걸 보면 여기서 안 먹힐 건 아는 모양.

"아! 반갑습니다. 전 테라 부회장님 비서실장 메리 앤입니다."

"반가워요. 나 성산 이서경이에요."

이서경이 메리 앤을 우러러보며 손을 내밀었다.

악수를 한 메리 앤이 이진을 불렀다.

"부회장님?"

이진은 환한 미소를 가득 머금은 채 입장했다.

무엇이 그리도 좋은지 생글생글 웃는다. 이민지가 오해를 할 정도였다.

"이민지 아가씨의 고모님이세요. 성산패션 이사님이시고요."

"아! 미인이시네요. 그리고……."

이진의 시선이 이서경의 가슴으로 향했다.

"자존심도 굉장히 높으시고요."

"…앉으시지요, 부회장님!"

메리 앤이 헛기침을 하며 자리를 권했다.

이진의 예상대로 이서경은 호감으로 받아들이는 눈치였다.

그런 년이다. 실리콘 덩어리가 자존심인 줄 아는 년.

"손도 참 고우시네요."

"호호호! 고마워요."

이진은 이민지는 거들떠보지도 않은 채 이서경을 붙들고 늘어졌다.

"한번 만져 봐도 될까요?"

"어머나! 제 손을요?"

이서경이 반응해 왔다. 아마 이미 꼴렸을 것. 적어도 이진 정도의 외모라면 그러고도 남을 년이었다.

"부회장님!"

메리 앤이 주의를 주고 나섰다.

"아! 쏘리. 민지 너 오랜만이다."

"그, 그래."

이진의 말에 이민지의 안색이 구겨졌다.

그러자 이서경이 나섰다.

"어머나, 세상에! 서로 아는 사이였어?"

화들짝 놀라는 이서경.

이민지가 아무런 언질을 주지 않은 것이 분명했다.

이민지가 이진을 애타게 바라보며 영어로 말했다.

"한인 학생 모임에서 만난 걸로 하자."

협조해 달라는 것.

그러나 이진은 곧바로 거부했다.

"고모님 앞에서 거짓말하면 안 되지. 그냥 사실대로 술 먹고 약 하는 파티에서……."

"부회장님!"

적나라하게 까발리려는 이진을 메리 앤이 황급히 말렸다.

이민지는 이미 새파랗게 질려 있었다.

그런데도 눈치를 채지 못하는 이서경이다.

무슨 소리인지 알아듣지도 못한 것.

"아무튼 아는 사이이니 더 잘됐네요."

"그러게요. 한데 고모님은 정말 내 스타일이세요. 결혼은 하셨고요?"

"호호호! 별말씀을……. 오래전에 헤어졌어요."

"이혼?"

"이혼은 아니고… 사별이요. 사실 결혼이랄 것도 없었어요. 호호호!"

아무리 그랬다고 해도 그렇지, 남편이 죽은 이야기를 하면서 웃어?

멜랑꼴리한 이야기를 개그로 바꾸는 재주가 있는 년.

하기야 워낙에 유별난 X년이긴 하다.

"그러셨구나. 남자 많으실 것 같은데?"

"부회장님!"

이민지는 놔두고 이서경과 대화가 이어지자 다시 메리 앤이 제지한다.

그래도 이진은 아랑곳하지 않고 물었다.

"요즘은 누구랑?"

"예?"

누구랑 떡치느냐고 물었다.

"아, 혼자 치시는구나? 오우 쏘리! 제가 한국말이 좀 서툴러서……. 정정할게요. 혼자 사시는구나?"

"예, 맞아요. 한데 정말 미남이시네요. 거기다 재력까지……. 민지 너 꼭 붙잡아야겠다."

무슨 놈의 대화가 맥락이 없었다. 그건 이서경이 젊은 남자 만나 정신 못 차릴 때 나오는 전형적인 증상.

슬그머니 객실 키 내밀면 따라 올라올 년이었다.

아무래도 안 되겠다고 생각했는지 메리 앤이 나섰다.

"두 분이 말씀 나누시게 자리를 피해 주시는 것이……."

"난 괜찮은데?"

"부회장님!"

메리 앤이 이진을 노려본다.

하는 수 없었다. 오늘만 날은 아닐 테니까.

"그럼 그러시죠."

"그럴까요? 민지야, 이야기 나누고 보자."

이서경이 자리에서 일어났다.

메리 앤과 이서경이 나갔다.

이진은 이민지를 물끄러미 바라봤다.

하마터면······.

'만식이가 시키드냐?'

그렇게 물을 뻔했다.

"네 큰아버지가 시킨 거지?"

"그게······. 어떻게 알았어?"

이민지가 되묻는다.

당연히 알지. 성산 회장 이만식이라면 너보단 내가 잘 안다.

아마 이만식 회장의 명령을 거역하지는 못했을 것이다.

"아무튼 고생했다. 그리고 안심해."

"뭘?"

"나도 네 흑역사 들추고 싶은 생각은 없어. 그리고 이건 양가의 공식적인 자리잖아."

"많이 변했네."

"타깃도 바뀌었고······."

"그게 무슨 말이야?"

이진은 질문에 대답하지 않고 말을 바꿨다.

"사실 우리가 마음에 든다고 결혼하고 말고 할 그런 집안들은 아니잖아."

"그럼?"

"집안에서 정하면 따라야지. 넌 안 그래?"
"그, 그렇긴 하지."
결혼하자고 하면 결혼할 태세.
황영철 그 새끼도 참 불쌍하긴 했다. 하기야 어쩌면 그놈도 이민지와 즐기는 사이 정도였을지도 모를 일.
아무래도 상관없었다.
"아무튼 지켜보자. 오랜만에 만나니 반갑긴 하다."
"그, 그래."
이민지는 내심 안도하면서도 아쉬웠다.
전에는 그렇지 않았는데, 오늘 본 이진은 완전히 다른 사람이었다.
비밀 경호국에서 경호까지 할 정도면……. 이미 파티나 쫓아다니며 여자애들 후리던 개망나니가 아니다.
26살에 세계 5위권 투자은행 부회장.
아니, 이미 회장이나 다름없었다.
'왜 내가 얘를 막 대했을까?'
그저 돈 좀 있어서 상류층 아이들이랑 어울리는 골빈 놈 정도로 알았는데…….
이미 늦었다는 생각이 들면서도 혹시나 하는 생각 역시 든다.
"참! 만식이네 회사는 어때?"
"뭐?"

"오 마이 갓! 내 정신 좀 봐. 한국어라 헛갈리네. 만식 리, 그리고 성산으로 정정할게."

"아… 요즘 다 어렵지."

이민지가 대답했다.

정말 영어와 헛갈려서 그렇게 말한 것인 줄 안다.

이진은 슬그머니 이민지에게 희망을 심어 주기로 했다.

가능성은 있다고 말이다.

"우리 사이가 앞으로 어떻게 될까?"

"글쎄……."

"혹시 여보, 당신 하게 될지도 모르니까 앞으론 좀 잘 지내보자."

"그… 그럴까?"

이민지가 덥석 미끼를 물었다.

이진은 계속 떠들었다.

"앞으로 일은 집안에 맡기기로 하고……. 한데 너희 고모, 정말 미인이더라?"

"그, 그래?"

왜 자꾸 고모를 들먹거리는 것일까?

의아해하는 이민지.

이진은 한발 더 나아갔다.

"근데 네 고모 말이야. 왜 일찍 사별했는데?"

"그건 왜 물어?"

이민지가 이상하게 생각하기 시작한다.
"일찍 사별했는데 아직 혼자라니 꽤 사랑했나 봐?"
의심을 하니 유도심문을 하는 수밖에.
아무튼 궁금했다.
무엇보다 그 죽었다는 이서경의 남편이 박주운은 아닐까.
아니라면…….
그럼 이서경은 아예 박주운을 만나지 않았을 수도 있다.
그렇다면 차라리 홀가분할 것 같았다.
"나도 잘 몰라. 어렸을 때라서……."
"그렇긴 하겠다."
이민지가 어렸을 때였을 것이다. 그리고 성산가에서 경험한 전례로 보았을 때, 아무리 친척이라도 사실을 알렸을 가능성은 없었다.
음흉한 집구석이다.
그때 이민지가 뜻밖의 이야기를 했다.
"그분이 평범한 회사원이라서 매스컴에서 난리가 났었다는 건 들은 적이 있어."
"그래?"
맞다. 박주운이 그랬다.
당시 매스컴에서 박주운과 이서경의 결혼을 대서특필했다.
남자 신데렐라로, 재벌가의 데릴사위로 세간의 관심을 받았다.

"근데 고모한테 지나치게 관심이 많다. 마음에 들어?"
"마음에 안 들 것도 없지."
이진은 대답을 하면서 피식 웃었다. 이민지의 표정이 어두워졌다.
"한데 내가 몇 번째야?"
"세 번째. 앞으로도 줄을 섰어. 어른들 하는 일이 그렇지."
맞선은 세 번째.
아무것도 결정된 것이 없다는 사실을 이민지에게 알린 이진. 갑자기 몸을 일으켰다.
"그만 일어날까?"
"밥은 안 먹고?"
"배고프니?"
이민지가 당황해한다.
"아, 아니!"
"사실 우리가 얼굴 마주하고 밥 먹고 그럴 사이는 아니지."
"그, 그래."
이진은 곧바로 레스토랑 VIP룸을 나섰다.
이민지도 따라나섰다.
그러자 이서경과 이야기를 나누고 있던 메리 앤이 황급히 다가왔다.
"식사 들어가지도 않았는데……."
"오후 일정이 바쁘잖아. 자주 볼 사람들인데, 뭐."

잠시 멈칫한 메리 앤.

오후 일정은 정해진 것이 없다. 맞선을 위해 시간을 일부러 비웠다. 이진이 거짓말을 하는 것.

"아, 예. 제가 그 일정을 잊었네요. 죄송합니다."

메리 앤은 황급히 이서경과 이민지에게 사과를 했다.

이진은 그것도 싫었다.

어쨌든 이진의 거짓말을 메리 앤은 진실로 바꾸었다.

"아쉽네요. 좀 더 민지랑 시간을 가지면 좋을 텐데……."

"호호호! 그러게요. 하지만 이민지 아가씨도 학기 중이고……."

"맞아요. 얼른 돌아가 봐야 해요."

"그래도……."

자존심이 상한 이민지가 서둘러 나섰다.

이서경은 여전히 아쉽다는 표정.

그때 이진이 나섰다.

"빈손으로 가시면 섭섭하니까 우리 테라 건물 앞에 들렸다 가세요."

"그럴까요?"

"예. 앞에 가서 줄 서면 5달러 드려요."

"예?"

이서경이 무슨 뜻인지 몰라 되물었다.

메리 앤이 황급히 진화에 나섰다.

"제가 공항으로 모실까요?"

"아니요. 기왕 뉴욕 온 김에 쇼핑도 좀 하고……."

"그러시면……."

메리 앤이 이진을 힐끗 보더니 귓속말로 속삭인다.

이진은 돌아서 걸음을 옮겼다.

잠시 후, 메리 앤이 따라붙었다.

"5달러 받아 가라니요? 모욕으로 받아들였을 겁니다."

"메리는 몰라. 저것들이 어떤 인간들인지."

메리 앤이 의아해한다. 그러나 더 묻지는 않았다.

이진은 경호원들에게 휩싸인 채 차에 올랐다.

차가 움직이자 이진이 물었다.

"와타나베는 소식 없어?"

"연락은 왔었어요. 지시하신 조사에 문제가 많다면서 시간이 더 필요하다고……."

"그랬어?"

"예. 무슨 일이기에 와타나베 이사가 그렇게 시간을 끄는지……."

메리 앤이 궁금해한다.

와타나베 다카키는 아주 치밀한 인물로 평가된다.

그래서 할아버지는 그를 믿고 일을 맡겨 왔다.

늦어진다면 그만한 문제가 있다는 것.

이진은 기다리기로 했다.

시간이 지나며 몇 차례의 맞선이 더 이루어졌다.

대부분이 영국이나 미국에 유학 중인 정치인 혹은 재벌의 딸.

심지어는 고등학교 졸업도 하지 않은 애를 들이미는 사람도 있었다.

이진은 무덤덤하게 응했다.

그리고 명상을 꾸준히 했다.

활발하게 문제를 해결해 주던 명상 중 키워드는 한동안 떠오르지 않았다.

그러던 어느 날, 생각지도 않았던 키워드가 떠올랐다.

'태양산업?'

잊고 있었던 회사 이름이 떠올랐다.

명상을 끝내고 사무실에 출근한 이진은 곧바로 빨간 펜을 들고 앉았다.

빨간 펜을 들지 않아도 아는 회사이긴 하다.

이진, 아니 박주운의 첫 직장이 바로 태양산업이었다.

이서경을 만나고 나서 급작스럽게 진행된 결혼으로 퇴사를 했다.

그때는 눈에 뵈는 것이 없었다.

사람들의 부러움을 한껏 즐겼었다.

그러나 그 말로는 초라했다.

글씨를 쓰자 이름 하나가 가장 먼저 떠올랐다.

'김영미.'
"후우!"
이진은 한숨을 내쉬었다.
잠깐이지만 사귀었던 여자의 이름이 떠오른 것이다.
서로 아무 말 없이 헤어졌다.
이서경을 만난 후 벌어진 파장이었다.
이제 와서 왜?
다시 한숨.
"후우!"
"긴장되세요?"
갑자기 들려온 메리 앤의 목소리에 이진은 화들짝 놀랐다.
"아! 한데 뭐가?"
"한숨 쉬신 거요. 취임식 얼마 안 남았잖아요. 그래서 긴장하신 것은 아닌가 해서……."
2007년 12월.
이진은 대미를 장식할 회장 취임식을 앞두고 있었다.
"내가 그럴 사람으로 보여?"
"아닌 건 알지만 그래도……."
이진은 황급히 화제를 바꿨다.
"모건 스탠리는?"
"펄펄 뛰었어요. 이런 게 어디 있냐면서. 호호호!"
메리 앤이 화사하게 웃었다.

그럴 만도 했다. 테라의 주식을 수수료로 받은 모건 스탠리는 곧바로 팔 수 밖에 없었다. 서브프라임 사태가 점차 확대되니 장기 전망을 가늠하기 어렵다고 판단한 것이다.

주가도 오를 리 없다는 결론에 도달한 것.

액면가 15달러 주가는 3달러까지 떨어졌다.

그때 이진이 히든카드를 꺼내 들었다.

상장된 주식을 거두어들이기 시작한 것이다.

주식 시황판에서 색깔이 녹색인 회사는 테라 이외에는 찾아보기 힘들었다.

그리고 이진은 다른 빅딜을 성사시켰다.

채권 일부를 장기 입고하는 대신, 정부가 테라 주식을 보유하도록 하는 거래를 성사시킨 것이다.

테라 주가는 곧바로 수직 상승했다.

목표가인 90달러를 넘어 120달러까지 폭등했다.

수요는 늘어나는데 거두어들인 주식은 유통되지 않으니 당연한 현상.

이진이 얻은 타이틀만 해도 어마어마했다.

〈포브스 선정 10대 부자.〉
〈세계 최대 금융 투자 기업의 실질적인 총수.〉
〈세계에서 가장 영향력 있는 인물 중 1인.〉

곳곳에서 러브콜이 쏟아졌다.

모교인 옥스퍼드는 물론 하버드와 예일 등 각지 대학에서 초청 연설 요청이 쇄도했다.

정부 기관이나 단체, 기업들도 마찬가지.

그러나 이진은 어느 곳에도 가지 않았다.

그러자 이번에는 건강 이상설이 대두되었다.

다음은 제니퍼 로렌과의 비밀 결혼설부터 시작해, 온갖 황당무계한 루머들이 매일 매스컴을 장식했다.

가는 곳마다 파파라치들이 붙었다.

이진은 곧바로 세계에서 가장 핫한 인물이 되었다.

그러는 동안 이진은 아랑곳하지 않고 뚜벅뚜벅 걸었다.

할아버지의 오랜 고객들을 찾아다니며 인사를 했고 향후 계획에만 몰두했다.

그러다 보니 연말이 되었다.

"그러게 받으랄 때 받지."

"그러니까요. 설마 100달러를 넘을 줄은 몰랐을 거예요."

메리 앤은 모건 스탠리를 엿 먹인 것이 통쾌한 모양이었다.

그래서인지 가슴 쫙 펴고는 늘 웃고 다닌다.

이진이 선볼 때만 빼고.

"한데 무슨 일이야?"

"아, 참! 와타나베가 대기 중이에요."

메리 앤의 말에 이진은 벌떡 일어났다.

"왔어?"

"예. 바로 들여보낼까요?"

"그래."

와타나베 다카기가 곧 이진의 집무실로 들어왔다.

"수고하셨어요. 늦었네요."

"예. 문제가 좀 있었습니다."

와타나베 다카기가 차분하게 대답했다.

"메리는 자리 좀 피해 줄래?"

"예, 부회장님!"

메리 앤이 평소처럼 곁에 대기하려다가 쫓겨났다.

이례적인 일이었다.

"뭐가 문제예요?"

"부회장님께서 조사하라고 말씀하신 박주운이 이미 사망한 지 오래되어서……."

"아!"

죽었겠지.

이진은 내심 이서경과 결혼했다가 죽은 남자가 박주운일지도 모른다고 여기고 있었다.

그런데도 마음이 묘했다.

하기야 한 사람의 영혼이 동시대에 둘로 나뉘어져 존재한다는 것이 말이 되나?

"죽은 것도 죽은 것이지만, 남은 정보도 거의 조직적으로 지워진 흔적이 보였습니다."

"한번 들어 봅시다."

이진은 일부러 편하게 등을 소파에 기댔다.

긴장될 수밖에 없었다. 자신에 관한 이야기나 마찬가지였으니 말이다.

"박주운은 지금부터 19년 전 한국 경춘 국도에서 교통사고로 사망했습니다."

경춘 국도라…….

시간만 다르고 사고 장소와 사고 유형도 같다.

"뺑소니로 추정됩니다만 가해 운전자는 잡히지 않았습니다. CCTV가 거의 없었던 때라……."

"그냥 미제로 남았겠네요."

"예, 그렇습니다."

당연히 미제로 남았을 것이다.

사고를 위장한 살인이 분명했다.

"그런데 뭐가 지워졌다는 거예요?"

"아마 소문을 없애려 성산 쪽에서 손을 쓴 모양입니다."

성산?

"그럼 박주운은 성산 사위였네요?"

"예. 맞습니다. 이서경과 결혼한 후 한 달 만에 죽었습니다."

시간만 바뀌었지 달라진 것은 없었다.

박주운을 축복하고 싶었다. 살아 있었다고 해도 이만식

회장의 손에서 벗어날 수 없었을 테니까.

고통스럽게 병신처럼 살게 되었을 것이다. 죽는 게 나았다.

"다음은요?"

"범인이 잡히지 않았는데도 해를 거듭하면서 사고 기록 자체가 하나둘씩 없어졌습니다. 지금은 아무것도 없다고 보시면 됩니다."

와타나베 다카기가 계속 설명을 했다.

"기록만 있고 알맹이는 없다?"

"예. 사고로 죽었다는 것밖에는 공식적인 기록은 아무것도 없습니다. 다만……."

다만 뭐요?"

이진이 얼른 물었다.

"단편적인 사안을 확인할 방법은 있습니다."

"어떻게요?"

이진은 몹시 궁금했다.

"제가 알기로는 그 당시 한반도 상공을 지나는 위성이 있었습니다."

"아!"

"어쩌면 일본 내각 조사실에 그때 찍힌 위성사진이 남아 있을 수 있습니다."

"그렇게 많이 찍어요?"

"다른 국가들도 다 마찬가지입니다. 게다가 당시 그 지역에서 한미 연합 군사 훈련이 있었습니다."

와타나베 다카기는 정말 주도면밀했다.

할아버지가 신뢰할 만하다는 생각이 들 정도로.

"두 가지 문제가 있습니다."

"뭔데요?"

"사진을 찾을 수 있을지 모르지만 아마 차종 이외에는 확인이 불가능할 겁니다."

"아! 그렇겠군요. 다음은요?"

위성사진이니 차종 정도만 식별될 것이다. 사람이 내렸다면 사람도 나오겠지만 누구인지 확인하기는 불가능하다.

"그리고 비용 문제가 있습니다."

일본 내각 조사실은 정보기관. 거기서 위성사진을 빼내려면 돈이 들 것이 확실했다.

"진행할까요?"

"예. 사진만 확인합시다."

이진은 일을 추진하라고 지시했다.

"알겠습니다. 다른 것은……."

"나머지는 내가 한국에 들어가서 들여다봅시다."

"부회장님께서 직접요?"

와타나베 다카기가 놀란 표정으로 물었다.

이진은 그저 웃기만 했다. 그리고 메리 앤을 불러들였다.

"메리가 와타나베 이사님께 한국에서 진행할 일을 전달

해 드려."

"예, 부회장님!"

"중국에 있는 장쑤원 이사랑 긴밀히 협조해서 진행해 주세요."

"예. 드디어 한국 땅을 밟으시겠군요. 큰 회장님께서 아주 기뻐하실 겁니다."

"모두 덕분입니다. 스톡옵션 받으시는 거 잊지 마시고요. 보너스도 받아 가세요."

"여부가 있겠습니까?"

와타나베 다카기가 웃으며 메리 앤을 따라 나갔다.

긴장이 풀리는 것 같았다.

어쨌든 박주운은 동시대에 존재하지는 않는다.

잘된 일이었다.

바보 같은 놈이었다. 성산그룹에 얽혀 제 삶조차 건사하지 못했다.

그러나 이제는 아니다.

이제 박주운은 잊고 테라의 숙원을 이룰 때.

테라의 선조들은 언젠가 내 나라 땅을 밟을 날을 염원해 왔다.

그러나 지금까지 누구도 한국 땅을 밟지 못했다.

이진 또한 마찬가지였다.

당당하게 왕가의 일원으로 귀향하기를 꿈꿨을 것이다.

그래서 차일피일 미루다 지금에 이른 것이다.
이제는 미련을 버릴 때.
왕은 되지 못하지만, 금융 황제가 될 수는 있었다.

제5장

BUY KOREA

재벌집 망나니
7대독자

크리스마스를 앞두고 있었지만, 어느 해보다 분위기는 싸늘했다. 금융 위기가 가속화되면서 모두 지갑을 닫아 버렸기 때문이었다.

그래서 어쩌면 겨우 15층짜리 테라 빌딩이 더 돋보이는 것일 수도.

빌딩 전체를 수놓은 화려한 트리는 크리스마스 시즌이 되자 명소가 되었다.

주가는 120달러.

3달러대까지 폭락했던 주가가 120달러까지 오르자 주식을 처분한 사람들은 땅을 치고 후회했다.

그러나 금융 시장에서 후회는 자기 학대에 지나지 않는다.

2007년 10월부터 테라는 사회사업도 시작했다.

뉴욕시 여러 곳에 무료 급식소를 설치하는 한편 의료 서비스도 제공했다. 그래서인지 지나치게 화려한 트리 장식에도 매스컴은 호평 일색이었다.

12월 24일.

테라 빌딩 앞은 오전부터 삼엄한 경비가 펼쳐졌다.

새로 단장한 14층 컨벤션 센터에서 저녁에 열릴 행사 때문이었다.

크리스마스 행사이기도 했지만 테라의 새 회장 취임식이 열릴 예정이었다.

초대된 사람들이 하나둘씩 도착했다.

그 면면이 어마어마했다.

빌 게이츠, 워렌 버핏, 조지 소로스를 필두로 골드만삭스와 메릴린치의 CEO를 비롯한 세계 금융계의 거물들.

대다수가 굳은 얼굴로 모습을 나타냈다.

그뿐인가?

빌 클린턴과 힐러리 클린턴을 선두로 버락 오바마와 부동산 재벌 도널드 트럼프까지.

이어 10여 명의 상원의원들과 재계 거물들이 줄을 잇자 취재 열기는 최고조로 치달았다.

폭탄 하나만 터트리면 세계가 혼란에 빠질 정도의 영향력을 가진 인사들이 테라 건물 안으로 입장했다.

시가 총액 5,000억 달러에 육박하는 거대 금융 투자 회사의 CEO가 바뀌는 날.

전 세계 매스컴이 테라 빌딩을 주목했다.

그러나 바깥의 풍경과는 대조적으로 15층에 위치한 이진의 집무실은 한적했다.

"방금 도널드 트럼프가 입장했습니다. 회장님!"

"그래? 잘 대접해 줘."

"예. 이미 지시하신 대로 조치를 취해 두었습니다. 한데……."

메리 앤이 웃으며 대답하다가 말꼬리를 흐린다.

"왜?"

"시진핀 말입니다."

"아! 왔어?"

"예. 도착했습니다. 그런데 명단에 왜 포함이 되었는지……."

"잘 대접해서 보내. 앞으로는 크게 성공할 사람이야."

"예, 부회… 아니, 회장님!"

메리 앤은 입에 착 붙은 부회장이란 단어를 쉽게 떨쳐 버리기 어려울 것 같았다.

"부시는?"

"요즘 힘들잖아요. 대신 축전을 보냈고 백악관 안보 보좌관을 보냈습니다."

"안보 보좌관?"

경제인 행사에 안보 보좌관이라니?

일종의 압력이라고 봐야 할 것 같았다.

미국의 국익에 해를 끼치지 말라는…….

그때 문이 열리며 오경석 집사장이 보였다.

이진은 벌떡 일어났다. 지팡이 소리가 들려왔기 때문이었다.

할아버지 이유였다.

"축하한다."

"할아버지!"

"잘해 주었다. 이제 원이 하나밖에 없구나. 네 아비가 기뻐할 게다."

이진은 할아버지 이유를 안았다.

왜소한 몸집. 노인의 체취가 물씬 풍겨 온다.

이어 데보라 킴과 유모 안나가 안으로 들어왔다.

그러자 오경석 집사가 문을 닫고 나갔다.

데보라 킴이 말문을 열었다.

"우리 테라 대주주들이 다 모였네요."

"지분 비율은 비밀에 부쳐라."

할아버지 이유는 늘 걱정이다.

주식은 이 자리에 있는 사람들이 90퍼센트 이상을 보유하고 있었다.

막대한 세금을 내야 했지만 어쩔 수 없는 선택이었다.

지금은 돈을 아낄 때가 아니라 어떻게든 써야 할 때였다.

할아버지 이유의 말에 이진이 대답했다.

"그러겠습니다, 할아버지!"

"소개할 사람이 있다. 파티에는 참가하지 못하는 사람이다."

"예, 할아버지!"

"오 집사!"

"예, 회장님!"

"회장님은 이제 진이지, 내가 아니야."

"명심하겠습니다. 모실까요?"

할아버지 이유가 고개를 끄덕였다.

오경석 집사장이 문을 열자 휠체어에 탄 나이 든 백인 남자가 들어왔다.

안토니오 파누치.

이진도 이미 아는 인물이었다.

파누치 가문과 테라 가문은 오래전부터 교류가 있어 왔다.

TRI의 주요 고객 중 하나.

그리고 현재 뉴욕을 비롯한 미국 동부 지역을 장악하고 있는 이탈리아 마피아 패밀리였다.

그렇다고 테라가 범죄와 연루되어 있는 것은 아니었다.

단지 증조부 때부터 인연을 맺었고, 파누치 가문이 테라에 몇 번 신세를 진 적이 있었다.

이진이 일어나 휠체어에 앉은 채 들어오는 안토니오 파누치를 맞았다.

그러고는 손등에 키스를 했다.

"돈 파누치!"

"오! 그 영특하던 꼬마가 이렇게 크다니……. 내가 도울 일이 있다면 언제든지 연락하게."

"물론입니다, 돈 파누치!"

안토니오 파누치는 곧바로 할아버지 이유와 잠깐 이야기를 나눈 후 밖으로 나갔다.

메리 앤이 속삭였다.

"돈 파누치는 파티에 참석하지 않습니다."

"그래."

당연한 일이었다. 범죄자를 초빙하면 매스컴에서 대대적으로 보도를 할 테니 말이다.

그럼에도 할아버지 이유는 그런 사람을 이진에게 소개를 했다.

안토니오 파누치에 대한 배려이자 꼭 필요하다 여긴 모양.

"파누치는 우리 가문에 빚이 있다."

"예, 할아버지."

"세상일이란 것이 내 마음같이 되는 것만은 아니다. 언젠가 쓰일 데가 있을지도……. 그러니 너무 선을 긋지 말거라."

"예, 할아버지!"
이진은 당연하다는 표정으로 대답했다.
다음으로 들어온 사람은 처음 보는 인물이었다.
"전 과장이다."
이름은 없고 그냥 전씨에 과장이다.
40대로 보이는 중년 남자. 강인한 인상이 풍겨져 왔다.
"이진입니다."
"전 과장입니다. 송구합니다. 충성을 다하겠습니다."
인사를 나누던 이진은 잠깐 놀랐다.
송구한 것도 모자라 충성이라니?
"전 과장은 우리 테라의 비밀 조직을 이끌고 있다. 고조부 때부터 내려오는 조직이지."
"아! 예."
이진은 그제야 할아버지 이유의 말을 알아들었다.
기록에 언급은 있었다. 그러나 내용은 없었다.
전 과장이란 사람이 송구하다고 말하는 것은 아마도 아버지를 지키지 못한 것에 대한 사과일 수도 있었다.
"전 과장은 꼭 필요할 때, 하지 말아야 할 일을 해야 할 때 불러라."
"예, 할아버지!"
이진은 망설이지 않고 대답했다.
전 과장이 인사를 하고 물러났다.

그러고 나자 정말 가족만 남았다.

"자, 그럼 내려가 볼까?"

할아버지 이유의 말에 이진이 일어나 부축을 했다.

다른 한쪽은 메리 앤이 부축했다.

그 뒤로 데보라 킴과 안나 송이 따랐다.

엘리베이터 문이 열리자 박수 소리가 쏟아져 나왔다.

이진은 눈인사를 나누기도 하고, 악수도 하면서 홀 중앙에 마련된 단상으로 향했다.

단상 위에는 만년필 하나, 그리고 펼쳐진 서류가 이진을 기다리고 있었다.

서류에 사인을 하면 이진은 공식적으로 테라 가문의 정점에 서게 되는 것이다.

그리고 세계 최대 투자은행의 공시적인 회장 사리에 앉게 되는 것.

요식이라고 해도 가슴이 떨리지 않을 수 없었다.

전생에서는 TV 속에서나 본 사람들이 이진을 향해 미소를 지으며 인사를 건네 오고 있었다.

그리고 중간쯤 지날 때, 금발 여자 한 명이 뺨에 키스를 하며 말했다.

"See you later, sugar(나중에 봐, 자기)!"

카메라 플래시가 일제히 터졌다.

이미 주요 매스컴은 거의 전부 초청한 상태.

이진의 연인으로 알려져 있는 제니퍼 로렌과의 상봉을 놓칠 리 없었다.

제니퍼 로렌은 자리가 자리인 만큼 키스 한 번과 협박 한마디로 물러났다.

메리 앤이 그런 제니퍼 로렌에게 눈빛으로 사의를 표했다.

좌우로 할아버지와 어머니 데보라 킴이 섰다.

그리고 이진이 만년필을 들어 서류에 서명을 한 후 들어 올렸다.

일제히 박수가 터지며 음악이 흘러나왔다.

등장한 가수는 머라이어 캐리.

준비한 노래는 히어로였다.

「There's a hero, if you look inside your heart.」
(너의 마음 안을 봐요 거기에 영웅이 있어요.)

「You don't have to be afraid of what you are.」
(당신은 당신에 대해서 두려워할 필요 없어요.)

메리 앤이 속삭였다.

"어머니 회장님 선물이세요."

"그래?"

이진은 어머니 데보라 킴에게 다가가 뺨에 키스를 했다.

"고마워요, 엄마!"

"자랑스럽다. 네 아버지가 봤더라면……."

이미 데보라 킴의 눈에는 눈물이 흘러넘치고 있었다.

유모 안나가 다가와 눈물을 닦아 주었다.
"어서 가 보거라."
할아버지의 목소리가 들려왔다.
내빈들에게 인사를 하라는 것.
이진은 메리 앤을 대동한 채 눈도장을 찍으려는 내빈들과 인사를 나눠야 했다.

파티는 밤늦게 끝이 났다.
할아버지는 일찍 돌아가셔서 데보라 킴과 안나만이 남았다.
"언제 갈 거야?"
"며칠 후에 출발하려고요."
이미 이진이 한국으로 갈 것이라는 걸 모두 알고 있었다.
데보라 킴은 걱정이 되는 모양이었다.
"그럼 새 비행기를 가져가."
"아니요. 그냥 한국 국적기 타고 가려고요."
"왜?"
데보라 킴이 의아해한다.
메리 앤이 나섰다.
"일종의 마케팅이라고 보시면 될 것 같습니다."

"우리가 뭘 팔 것도 아닌데 왜 마케팅을 해?"

이진이 나서야 했다.

"첫 입국이잖아요. 한국 국적기를 이용하는 것도 의미가 있죠."

"그래도 불편할 텐데? 그럼 비행기 한 대를 가져다 놔. 사우스 코리아는 불안하잖아."

지정학적 리스크까지 거론하는 걸 보면 데보라 킴은 매우 불안한 듯했다.

그러나 불안해할 일은 생기지 않는다.

이진이 나섰다.

"비행기는 나리타에 가져다 둘게요. 1시간 거리잖아요."

"그게 좋을 것 같습니다."

메리 앤이 돕고 나섰다.

그나마 안도하는 표정을 짓는 데보라 킴.

"엄마가 가끔 회사에 들러 주세요. 안나는 나하고 같이 가고."

이진의 말에 안나 송은 기뻐 어쩔 줄 모른다.

"정말이세요, 도련님?"

"응. 안나가 해 줄 일이 있어."

"당연하죠. 식사며 잠자리며 제가 챙기는 게 낫죠."

"그래. 그게 좋겠다."

데보라 킴도 동의했다.

그러나 유모 안나를 데려가는 것은 식사나 잠자리 때문이 아니었다.
"엄마도 보고 싶으시면 들어오세요."
"네가 며느리 골랐다는 소리 들으면 들어갈게."
이진은 대답 없이 데보라 킴을 안았다.
그러자 데보라 킴이 다짐을 받으려 했다.
"너 약속 지키는 거 잊지 마."
"…예."
이진은 마지못해 대답해야 했다.
"그리고 제니퍼 말인데……. 애가 아주 노골적이더라."
"예. 맞습니다."
데보라 킴의 지적에 메리 앤이 장난기 섞인 표정으로 동조하고 나섰다.
"걱정 마세요. 제니퍼는 바쁠 테니까요."
"걔가 뭐가 바빠?"
"영화 찍잖아요. 내년에 개봉하면 다른 생각할 여력이 없을 거예요."
"그럼 다행이고……."
데보라 킴이 마침표를 찍었다.
이런저런 이야기를 나누다 보니 어느새 자정이 되었다.
이진은 메리 앤과 함께 호텔로 돌아갔다.
막상 서울에 간다는 생각을 하니 감회가 새로웠다.

'이 호텔도 이제 마지막인가?'

이진은 이제 호텔 생활을 접을 생각이었다.

한국에서 지낼 생각을 하니 잠이 오질 않았다.

메리 앤을 불러 칵테일이라도 한잔했으면······.

그러나 며칠 동안 취임식 준비로 눈코 뜰 새 없었던 메리 앤이다. 피곤할 것이 분명했다.

이진은 홀로 오지도 않는 잠을 청해야 했다.

〈모든 건 거품이랍니다. 다우지수니, 나스닥이니, 아멕스니, 모든 건 하나의 큰 거품이죠.〉

Law&Order:CI, SE.1 중

모든 것은 거품이다.

그리고 그것이 터지지 않는 이유는 자본가들의 교묘함 덕분.

그러나 교묘함이 지나치면 거품은 터진다.

2008년이 그랬다.

테라가 성공적인 상장을 한 후, 매일 주식 전광판 색깔을 녹색으로 만들어 놓고 있었지만 세간의 전망은 비관적이었다.

또 26살의 청년이 거대 금융 투자 회사를 제대로 이끌어 나갈지에 대해서도 회의적인 시각이 지배적이었다.

연초에 이진은 매서운 매스컴의 공격을 묵묵히 견디며 인천행 대한항공 여객기에 올랐다.

메리 앤과 안나, 그리고 수행원 둘이 전부.

비밀 경호국은 이미 미국 대사관에 요원을 파견해 둔 상태였다.

14시간 만에 도착한 인천공항.

입국 수속이 신속하게 마무리되자 이진은 포토 라인에 섰다.

"공중파를 비롯한 주요 매스컴은 모두 나왔습니다."

"수고했어."

"수고라니요? 알릴 필요도 없었습니다."

"그래도."

이미 이진의 입국은 알려질 만큼 알려진 상태. 하루가 멀다 하고 매스컴에 등장하니 당연했다.

플래시가 잦아들자 곧바로 기자 회견이 시작되었다.

"젊은 나이에 세계 최대 투자은행의 총수가 되셨는데 소감이 어떠신지요?"

이진은 첫 질문부터 도전적으로 답변했다.

"원래 돈이 많아서인지 별로 새로울 건 없더라고요. 하하하!"

"방금 답변은 농담이십니다."

메리 앤이 황급히 정정하고 나섰다.

질문이 이어졌다.

"테라 회장이 되신 후 첫 방문지로 한국을 선택하셨는데요. 이유가 있으신가요?"

"투자를 위해서죠. 우리 테라는 투자은행입니다."

간단한 대답에 이어 다른 질문이 나왔다.

"지금 세계 경제가 거의 공황 상태로 빠져들고 있는데, 유독 한국에 투자를 하시려는 특별한 이유가 있나요?"

"있죠. 전 미국인이기에 앞서 한국인이기도 합니다. 당연히 모국에 투자를 해야죠."

기자들이 메모를 하느라 분주했다.

이진이 덧붙였다.

"그러니 절 검은 머리 외국인이라고 박대하시면 안 됩니다."

일제히 웃음소리가 터져 나왔다.

"항간의 소문에 결혼 상대를 찾기 위해 입국했다는 말이 있던데……. 사실이신가요?"

"그런 소리가 있어요? 금시초문입니다."

"이미 수차례에 걸쳐 맞선을 보시는 중이라던데요?"

"미혼이니 선보는 거야 당연하고……. 누군지 모르지만 우리 집에 시집오시면 각오하셔야 할 겁니다. 종갓집이거든요."

이진의 유머러스한 대답에 기자들이 다시 웃었다.

메리 앤이 눈짓으로 주의를 준다.

그때 한 기자가 나섰다.

"영국에서부터 한동안 방탕한 생활을 하셨다고 들었습니다만……."

"기억이 나지 않습니다. 참고로 전 국회의원은 아닙니다."

다시 기자들이 웃었다.

이진은 능글맞다고 생각할 정도로 유연하게 대처했다.

그러나 거기서 질문은 끝나지 않았다.

미국 언론들처럼 누군가 자질 문제를 들고나왔다.

"항간에서는 테라의 향후 전망을 부정적으로 보던데……."

"지금은 다들 부정적일 때죠."

"하지만 그 이유를 회장님 자질에 두던데, 그 부분에 대해서는 어떻게 생각하십니까?"

분위기가 싸늘해졌다.

모두가 일제히 주목한다.

메리 앤이 마이크를 끄고 속삭였다.

"노코멘트 하셔야 합니다."

그러나 이진은 대답했다.

"방탕해도 돈은 많잖아요. 제 입국 목적은 Buy Korea입니다. 자질 없는 놈이니 그냥 돌아갈까요?"

질문을 한 기자가 대답을 하지 못했다.

한마디만 잘못하면 역적으로 몰릴 수도 있었다.

금융 위기 상황. 한국 정부나 기업들은 투자를 유치하기 위해 혈안이 되어 있었다.

이진의 자질과 책임감에 의구심을 제기하려던 기자의 목적은 그 뒤로 밀리고도 남을 시기였다.

이진이 웃으며 마무리를 했다.

"제가 손이 좀 크거든요. 왕뚜껑이에요. 기대하셔도 좋습니다."

이진의 말에 다시 웃음이 터졌다.

다시 또 한 기자가 물었다.

"구체적인 투자 규모를 밝혀 주실 수 있으신가요?"

"사실 제가 지금까지 가격 물어 가며 뭘 산 적이 없거든요? 마음에 들면 그냥 사는 거죠."

일견 돈 자랑인 데다 공식적인 답변치고는 싸가지 없는 대답이었다.

기자들은 어떻게 대응해야 할지 헛갈려 하는 눈치였다.

이진이 그 순간 자리에서 일어섰다.

"그럼 또 만나죠."

"기자 회견은 이걸로 마치겠습니다. 다른 질문이 있으시면 나눠 드린 메일 주소로 문의하시면 우리 테라의 홍보팀에서 답변들 드립니다."

메리 앤이 기자 회견이 끝났음을 알렸다.

밖으로 나오자 장쑤원 이사와 한영그룹 회장을 비롯한 여러 명이 보였다. 환송을 나온 것이다.

그러나 이진은 아무런 언질도 주지 않고는 그대로 승용차에 올랐다.

방송국과 언론사 차량이 일제히 뒤로 붙었다.

첫 행선지부터 밀착 취재에 나설 모양이었다.

메리 앤이 보고를 했다.

"차량은 문제없이 들여왔는데 나머지 화물은 아직 세관을 통과하지 못했습니다."

화물기 총 2대가 떴다.

그런데 하나가 지금 세관에 묶여 있다는 말.

"그리고 청와대 경제수석이 약속을 잡아 달라고 연락을 했습니다."

대답이 없다. 메리 앤이 다시 물었다.

"약속을 잡을까요?"

"화물 들이고 얘기하자고 해."

이진은 심드렁하게 대답했다.

"예. 그리고 황상진 국회법사위원장은요?"

"안 만나."

"그럼 성산 이재희 이사는······."

"내가 그놈을 왜 만나?"

메리 앤이 이진의 일정을 조율하려고 안간힘을 썼지만

이진은 계속 안 만난다고만 한다.

안나가 나섰다.

"우리 회장님 식사부터 하시고 쉬셔야지. 메리 넌 왜 그렇게 눈치가 없니?"

"죄송합니다. 그럼 바로 숙소로……."

메리 앤이 사과를 하며 물었다.

그러자 이진이 엉뚱한 소리를 했다.

"유모, 떡볶이 먹어 본 지 오래됐지?"

"그렇긴 하지요. 만들어 먹은 적은 있지만……."

"그럼 우리 떡볶이나 먹으러 갈까?"

"어디로요?"

"호텔에서 가까운 남대문."

"기온이 너무 차요. 제가 사 갈 테니 호텔에 계세요."

"아니야. 포장마차 앞에 서서 먹어야 제맛이지. 남대문!"

이진이 결론을 내렸다.

메리 앤은 곧바로 눈치를 챘다. 한국인이라는 걸 보여 주는 일종의 홍보라고 여기는 것이다.

내일 조간신문 헤드라인이 보이는 것 같았다.

〈세계 최대 재벌, 한국에 와서 첫 일정은 떡볶이 시식.〉
〈떡볶이 먹는 검은 머리 외국인. 한국인이긴 한 모양.〉

뭐, 이쯤 되려나?

그러나 사실 이진은 떡볶이가 먹고 싶었다.

길거리에서 매콤한 떡볶이 먹어 본 적이 언제인가?

그리웠다.

곧바로 남대문으로 이동한 이진과 메리 앤, 그리고 안나는 떡볶이와 어묵으로 시장기를 채웠다.

당연히 기자들이 벌 떼처럼 달려들었다.

"테라 회장, 첫 바이 코리아는 떡볶이인가? 오늘 자 한경제신문 헤드라인입니다."

"그래? 팔아 줘도 난리네."

아침이 되자 명상을 끝낸 이진에게 메리 앤이 보고를 했다.

이진은 여전히 심드렁했다.

안나가 슈트를 들고 나왔다.

"안나는 오늘 나랑 한영에 좀 가지."

"도련님! 한영 일은……."

한영그룹 이야기가 나오자 안나의 안색이 어두워졌다.

이진이 18살 때 겪은 샤롤 사건으로 인해, 할아버지가 한영그룹에 투자한 자금을 모두 회수했다고 메리 앤이 말했었다.

그래서 지금까지 자금난에 시달리고 있다고 했다.

그러나 그건 사실과 좀 달랐다.

할아버지의 기록에서 이진은 자금 지원 중단의 이유를 알 수 있었다.

할아버지 이유는 감정에 따라 투자를 결정할 만큼 무지한 사람이 아니었다.

"안나가 아직 한영 대주주지?"

"예, 도련님! 저 때문이라면 신경 쓰실 필요 없어요."

"신경 안 쓸 수가 없지. 전 재산 다 날리게 생겼는데……."

"푸훗!"

메리 앤이 입을 가리고 웃었다.

이진의 말은 한영이 망하면 안나가 손해를 보니 간다는 말이었다.

"하지만 큰 회장님께서……."

"지금 회장은 나야."

안나가 할아버지를 거론하자 이진이 이제 자신이 책임자임을 상기시켰다.

안나의 손해를 막아 주려는 의도도 없지는 않다.

그러나 밑그림은 차원이 달랐다.

"송인규 회장님이 안나 오빠 되시지?"

"예. 큰오빠예요. 쥐꼬리만 한 회사에서 회장은……."

"안나!"

메리 앤이 안나를 제지했다.

서로 이름을 부른다. 그게 참 이진은 어색했었다.

"서찬이도 들어왔다지?"

"예."

"영화 전공이었나?"

"예."

"뭘 그 애까지 관심을……."

안나가 한 소리 한다.

메리 앤은 이진의 친구 아닌 친구들의 동향도 계속 점검하고 파악하고 있었다. 비서실 직원을 10명으로 충원한 덕분이기도 하지만 원래도 그랬다.

송서찬은 이진이 개망나니들과 어울려 놀 때 그 틈에 낀 경우다.

사실 송서찬은 그 모임 자체에 어울리지도 않았었다.

내성적인 데다가 말수도 적었고, 술도 마시지 않고 여자 친구도 없었다.

단, 영화 이야기만 나오면 입을 열었다고 메리가 말했다.

전공을 잘 선택한 것이다.

"어느 부서?"

"한영제과 영업부로 알고 있습니다만 정확하지는 않습니다."

밑바닥부터 배우라고 보낸 모양.

안나는 송인규 회장의 여동생이니 송서찬의 고모가 된다.

"한국에 왔으니 친구 한번 만나 봐야지."

"그 녀석을요?"

"응. 기가 죽어서 그렇지, 괜찮은 녀석이었어."

"괜찮지는 않을 텐데……."

이진의 말에 안나는 심드렁했다.

"일단 한영 본사부터 가자고. 대주주 모시고."

이진이 살짝 안으며 말하자 안나의 얼굴에는 미소가 스쳐지나갔다.

'불쌍한 분.'

이진은 안나가 애처로웠다.

테라 가문에 첩실로 들어와 한평생을 지냈다.

첩실도 첩실이지만 전대 한영 회장의 강요에 의해 테라 가문에 들어왔다.

그런데 남편도 일찍 죽어 버렸다.

그리고 지금은 자기가 낳지도 않은 이진만 바라보면서 산다.

고맙기도 하고 미안하기도 했다.

선대의 결정이었다.

그걸 바로잡고 말고 할 생각은 없었다.

그저 안나의 입장을 헤아려 줄 생각이었다.
"어제 공항에 오셨는데 기자들 때문에 만나지도 못했잖아. 장 이사도 한영으로 오라고 해."
"예. 부… 가 아니고 그냥 회장님!"
메리 앤의 대답에 안나가 노려봤다.

용인, 한영 본사 사옥.
회장을 비롯한 모든 이사진이 로비로 나와 도열해 있었다.
검정색 포드 SUV를 필두로 크라이슬러 한 대, 그리고 그 뒤를 역시 SUV 한 대가 따라 들어왔다.
차 문이 열리자 이진이 내렸다.
"어서 오십시오, 회장님! 한국 방문을 환영합니다."
나이가 예순인 송인규 회장이 이진을 향해 머리를 숙였다.
그러자 이사진이 일제히 인사를 했다.
"이진입니다. 말씀은 많이 들었습니다."
"이렇게 찾아 주시다니……. 오! 안나도 왔구나?"
"오랜만이에요, 송 회장님!"
안나의 인사는 딱딱해서 씹으면 이빨이 나갈 것 같았다.
그때, 20대 중반쯤으로 보이는 여자 한 명이 인사를 했다.
"처음 뵙겠습니다. 송미나입니다."

"제 딸입니다. 그러니까 서찬이 누이 되지요."
"아! 반갑습니다. 이진입니다."
안나의 조카이니 반가웠다.
그러나 안나는 그다지 달가워하지 않는 기색이었다.
"어서 안으로……."
어색한 분위기를 무마하려 송인규 회장이 서둘렀다.
이진은 7층 회장실로 안내되었다.
"먼 길 오시고 이렇게 처음으로 한영을 방문해 주시니 참으로……."
"어제 공항에서는 제가 경황이 없어 미처 인사를 못 드렸습니다."
"괜찮습니다. 그저 인사 차 나간 것이니까요. 하하하!"
입발림 소리를 하는 송인규 회장.
"그만 좀 해, 오빠! 공항엔 왜 나온 거야?"
곧바로 직설적으로 묻는 안나. 분위기가 어색해졌다.
이진이 분위기 메이커로 나서야 했다.
"그런데 서찬이가 안 보이네요?"
"아, 서찬이는 말단이라……. 부를까요?"
"아닙니다. 나중에 사석에서 만나죠."
이진은 부드럽게 이야기를 풀었다. 일종의 예의였다.
꿀꺽.
송인규 회장의 목구멍으로 침이 넘어가는 소리가 들렸다.

안나는 불쾌한 표정을 여과 없이 드러냈다.
이진이 본론에 들어갔다.
"요즘 어려우시죠?"
"모두가 어려울 때 아니겠습니까. 헤쳐 나가고 있습니다."
"그럼 잘 헤쳐 나가면 되겠네."
다시 안나.
끄응.
이진이 얼른 결론을 꺼냈다.
"그래서 한영에 자금을 좀 투자하려고요."
이것이 본론.
송인규 회장의 얼굴에는 화색이 돌았다.
"저기… 얼마나?"
"오빠!"
송인규 회장의 말에 안나가 소리를 질렀다.
얼마나 급하면 엉겁결에 얼마냐고 물을까?
그럴 만도 했다. 다들 어렵다. 그러나 한영은 더 어려웠다. 어려운 이유는 당연히 자금 때문.
안나가 화를 내는 것도 당연했다.
본업에서 어긋나 무리하게 확장을 했기 때문에 경영이 어렵게 된 것이다.
테라에서 투자한 안나의 지분도 다 날려 먹고 있는 셈이다.

송인규 회장은 성산처럼 되고 싶었던 것일까?

IMF 위기 때도 테라로 인해 별다른 피해를 입지 않은 한영.

그런데 그때부터 문제가 생겨났다. 위기를 기회라고 여긴 송인규 회장이 문어발식 확장을 시도한 것이다.

처음엔 제법 외형을 갖추며 그룹사들을 거느리기 시작했다.

그리고 회장 직함도 달았다.

그러나 몇 년이 지나면서 실적은 초라했다.

오히려 가중되는 비용 부담 때문에 자금난을 겪기 시작했다. 알토란 같은 제과에서 나오는 수익을 모두 날려 버리고 있는 것이다.

한영제과.

대한민국 사람이라면 한영 과자 안 먹어 본 사람이 없을 것이다.

이진이 메리를 불렀다.

"메리?"

"예, 회장님! 아, 한영제과에 1억 달러의 유동성 자금을 지원하겠습니다."

메리의 말에 송인규 회장의 입이 쫙 벌어졌다.

1,000억 원이 넘는 돈이다.

이 돈줄 메마른 황량한 시기에……

충분히 유동성 위기를 넘길 수 있는 자금이었다.

그렇게 1년만 버티면 경기는 좋아질 것이고, 나머지 계열사들의 사정도 나아질 것이란 판단이 선다.

그러나 그런 송인규 회장의 생각은 단숨에 무너졌다.

"단, 지원된 자금은 한영제과에만 사용하셔야 합니다."

"예?"

송인규 회장이 어이가 없다는 표정으로 메리 앤에게 반문했다.

"다른 계열사를 정리하는 것이 투자 조건입니다."

"그건 좀……."

송인규 회장의 표정은 삽시간에 어두워졌다.

안나가 한 소리 하고 나섰다.

"오빠! 다 한영 생각해서 우리 회장님이 특별히 제안하는 거야. 싫으면 내가 주총 소집해서 오빠 밀어내고 할 수도 있어."

"안나야!"

분위기는 삽시간에 다시 얼어붙었다.

안나의 발언은 협박이나 다름없었다. 이진이 풀어야 했다.

"아 참! 들어오면서 보니까 아주 좋은 글귀가 보이더군요."

"갑자기 무슨……?"

"아이들이 먹는다. 그 한마디가 정말 인상 깊었습니다만……."

"아!"

송인규 회장은 무슨 말인가 싶었다가 고개를 끄덕였다.

한영제과의 사훈이다.

이진이 설득에 나섰다.

"한영제과는 좋은 회사입니다. 다른 계열사 때문에 제과의 이미지가 흔들릴까 봐 걱정입니다."

"하지만 나머지도……."

"그렇게 하시면 제과가 다른 성장 동력에 투자하도록 5억 달러를 추가 투입할 생각입니다."

"그렇게나……."

추가 5억 달러.

송인규 회장은 바람 앞의 갈대였다. 엄청난 혜택이자 기회이긴 한데, 다른 계열사가 포기가 안 된다. 송인규 회장은 지금 기뻐해야 할지 슬퍼해야 할지, 자신의 감정조차도 판단하기 어려웠다.

총 6억 달러면 다른 계열사를 다 살리고도 남을 금액 아닌가? 그런데 뭣 때문에?

"서브프라임 사태는 진정 국면입니다. 이제 곧 다시 경제가 활성화될 것 같은데 계열사를 포기하는 것은 좀……."

"오빠! 욕심을 좀 버려."

안나가 쓴소리를 하고 나섰다.

"욕심이 아니잖니?"

"욕심이 아니면? 경기가 좋을 때도 이 모양 이 꼴이었잖아. 게다가 죄다 성산과 겹치는 업종이야. 한 번이라도 성산 앞서 본 적 있어?"

"그야 성산이 워낙 막강한 자본으로……."

"그럼 투자는 없던 얘기로 하던가?"

안나의 최후통첩에 송인규 회장이 입을 다물었다.

찻잔을 들고 들어와 우두커니 서 있던 송미나.

고모인 안나를 바라보는 눈초리가 예사롭지 않았다.

이진이 다시 나서야 했다.

"대신 이번에 투자하는 자금을 주식으로 전환한 후 계열사가 정리되면 소각해 드리겠습니다."

"…그게 정말이십니까?"

송인규 회장에게는 파격적인 제안이었다.

주식을 소각하면 비율은 현재 상태로 유지된다.

그래도 물론 안나의 지분 비율이 가장 높긴 하다.

하지만 테라가 직접 경영을 하는 경우는 없다는 것을 잘 알고 있었다.

이진이 당근에 설탕을 버무렸다.

"오늘자 제과 주가가 3,400원이죠. 아마 이 투자 유치가 발표되면 주가는 34만 원까지는 갈 겁니다. 100배나 오르는 겁니다."

"그렇습니다, 회장님! 아마 시가 총액 50위 안에는 가뿐

하게 연착륙하게 될 겁니다."

메리가 돕고 나섰다.

"나머지 계열사는요? 전부 폐업하란 말씀이십니까?"

"그럴 리가요? 넘겨야죠. 성산이나 LD, 그리고 현도가 가만히 있겠습니까?"

IMF를 기억할 것이다. 그때 샀더라면…….

몇 년이나 땅을 치고 후회하며 지냈을 것이다.

그러나 그때는 행동에 옮기지 못했다. 자기 집 챙기기도 어려웠기 때문.

물론 이번에도 마찬가지다.

하지만 돈만 있다면? 대기업들은 주력 산업을 확장할 기회라고 여길 것이 분명했다.

"하지만 성산도 그렇고, LD나 현도도 자금 사정이 쉽지는 않을 텐데요?"

"우리가 빌려 주면 되죠."

이진이 씩 웃었다.

"아하?"

그제야 송인규 회장은 이진의 의도를 파악했다. 한영의 부실기업을 매입하도록 다른 회사들에 자금을 지원하겠다는 것.

돈이 많다는 것은 알았지만…….

"이보다 더 나은 조건이 어디 있어?"

안나가 독촉을 하고 나섰다.

더 나은 조건이 있을 리가……. 의심도 하지 않을 것이다.

한영의 지분은 외국계 사모펀드인 론 캐피탈이 일정 비율을 보유하고 있는 것으로 알려진 정도.

물론 론 캐피탈에 가장 많은 자금을 투자한 곳이 테라였다.

송인규 회장은 그런데도 바로 대답하지 못했다.

그러자 안나가 벌떡 일어났다.

"이만 가죠."

"고모!"

조카 송미나가 팔을 붙잡았다.

"아빠! 이 조건 받아들이셔야 해요."

"그래도 네가 오빠보다는 낫다."

안나의 말에 송미나는 불쾌한 기색을 하면서도 송인규 회장을 애타는 눈빛으로 바라봤다.

"좋습니다."

결국 송인규 회장이 손을 들었다.

이진은 속으로 한숨을 내쉬어야 했다.

다른 회사 같았다면 주주총회를 소집해 경영진을 싹 갈아엎었을 것이다. 그러나 안나의 오빠인 송인규 회장에게 그렇게까지 할 수는 없었다.

"이번이 마지막 기회야. 총 6억 달러야. 제과를 세계적

기업으로 키울 수 있어."

"그렇습니다. 그리고 전혀 상관없는 비즈니스가 아닌 제과와 연계된 쪽으로 확장도 가능할 겁니다."

메리 앤이 안나의 조언에 첨언했다.

이진이 마무리를 지었다.

"메리!"

"예, 회장님!"

"오늘 유동성 자금 집행해."

"예."

메리가 전화를 걸러 밖으로 나갔다.

1,000억 원을 곧바로 입금할 모양.

"고맙습니다, 회장님!"

"가장 먼저 밀린 임금부터 해결하시죠. 아이들 과자 만드는 회사에서 임금을 안 주면 애들 과자는 어떻게 사 줍니까?"

"아, 예. 참으로 부끄럽습니다."

"저보다는 우리 작은어머니 덕분입니다."

"회, 회장님!"

안나가 화들짝 놀라며 이진을 불렀다.

작은어머니라니? 큰 회장님이 알면 날벼락이 떨어질 일.

이진이 살짝 윙크를 했다.

송인규 회장의 시선은 여동생에게로 향해 있었다.

미우면서도 고맙기도 한 동생.
아무튼 이로써 이진은 2마리 토끼를 잡을 수 있었다.
그러나 이제 빨간 펜을 든 것에 불과했다.
쓸 차례였다.

〈테라 첫 바이 코리아는 한영제과.〉
〈총 6억 달러, 입국 하루 만에 투자 결정.〉
〈한영제과 주가 가격 제한 폭까지 폭등.〉
〈테라 바이 코리아 시동, 첫 수혜는 한영.〉

투자 효과는 곧바로 매스컴에 대서특필되고 있었다.
한영 주가는 연일 상한가.
반면 코스피 지수는 연일 연 저점을 경신해 나가고 있었다.
이진은 한영에 다녀온 후 며칠 동안 아무런 움직임을 보이지 않았다.
여기저기서 만나자고 연락을 해 왔지만 응하지 않았다.
일주일 후, 이진은 테라의 아시아 태평양 담당 이사로 낙점된 장쑤원을 불렀다.
"추가로 투자를 하실 계획이십니까, 회장님?"

장쑤원이 걱정스러운 표정으로 말문을 열었다.

"아니요. 이제 좀 팔려고요."

"팔다니요? 한영 주식을 파신다면 조금 더 기다리시는 것이……."

장쑤원 이사는 당연히 보유 중인 한영 주식을 팔아 이익을 챙기려 할 것이라 여기는 모양이었다.

하지만 이진은 아니었다.

"성산, 로테, 현도, LD. 이 네 회사 계열사 중 우량한 곳만 골라서 공매도를 할 계획이에요."

"예? 하지만 이미……."

주가는 떨어질 만큼 떨어졌다고 말하려는 장쑤원.

그러나 떨어질 만큼 떨어진 주가란 없다.

그래서 늘 개인 투자자들이 당하는 것이다.

"회장님! 경기가 추가로 하락할 것으로 진단된다면 차라리 파생 쪽으로 투자를 하시는 게 낫지 않을까요?"

메리 앤이 오랜만에 의견을 제시했다.

당연히 돈을 벌 것이다. 그러나 이진의 생각은 달랐다.

"우리가 그래도 왕가의 자손이야. 토끼 똥구멍 콩나물까지 뽑아 먹을 수는 없잖아?"

"아, 예. 죄송합니다. 한데 비유가 참 적나라하면서도 신선하시네요."

"그런가?"

이진은 딴청을 부렸다.

"아무튼 우리는 굵직굵직한 걸로 가자고."

"4대 그룹에 자금을 투자해 한영의 계열사를 인수할 여력을 주자는 말씀이신 거죠?"

"역시 메리는 머리가 좋아."

계획은 간단하다.

대기업 네 곳에 자금을 지원하면서 그 대가로 주식을 받을 것이다. 그것도 시장가로.

가장 합리적이라고 상대는 생각할 것이다. 다들 궁한 상황이니 말이다.

대규모 공매도로 4대 그룹 주가를 낮춘다. 그리고 적절한 시점에 이익을 실현한 후 다시 주식을 매수한다.

주가는 다시 오르기 시작할 것이다.

문제는 타이밍.

생각처럼 쉬운 일은 아니었다.

그러나 이진은 자신 있었다.

가장 큰 혼란은 리먼의 파산.

빨간 펜은 이후의 자세한 수치까지 제공해 주었다.

파산 보호 신청 날짜는 2008년 9월 15일.

총 부채 규모는 6,130억 달러.

세계 17위 경제 국가인 터키의 한 해 국내 총생산(GDP)과 맞먹는 금액이다.

미국 역사상 최대 규모의 기업 파산.

그때까지 작년에 공매도한 미국 회사들의 포지션을 유지한다.

그리고 한국 기업들에 대한 공매도도 유지한다.

이후 공매도한 포지션을 정리한 후, 매수 포지션을 대규모로 취한다.

이게 이진의 계획이었다.

"하지만 만약 그사이 주가가 반등할 경우 막대한 피해를 입을 수도 있습니다."

"그럼 자선사업 했다 치죠."

장쑤원의 지적에 이진은 아무렇지도 않게 대답했다.

"그렇게 결정하셨다면 따르겠습니다."

"조용히, 서두르지 말고 우리가 영향력을 행사하고 있는 사모펀드들을 통해 일정 규모씩 공매도를 진행하세요."

"예, 회장님!"

"10퍼센트가 넘지 않도록 해요."

"예, 회장님!"

장쑤원이 대답하자 메리 앤이 나섰다.

"만약 공매도 포지션을 대량으로 구축한 것을 알면 파장이 만만치 않을 텐데요?"

"9월 달에 정리하고 올 Buy Korea로 가면?"

"그럼 칭송이 쏟아지겠지요."

"바로 그거야. 블라이스도 들어오라고 해."

"예, 회장님!"

이진이 마침표를 찍었다.

이제 걸려들기만 하면…….

한국 4대 기업의 지분을 대략 10퍼센트 안팎으로 보유하게 된다.

위기에서 벗어나면 경영권에 위험을 느낀 4대 기업은 주식을 사들이려 할 것.

그때 유리한 조건으로 생색내며 팔아 줄 생각이었다.

"그럼 4대 기업 총수들과 면담 일정을 잡을까요?"

"아니야. 똥줄 좀 타게 조금씩 미뤄."

"예, 회장님! 그럼 일정은……."

"계속 바이 코리아 가야지."

"예?"

"야! 어린놈이 통 큰 것 좀 봐라. 6억 달러란다. 그러면 얼마야?"

"오늘 자 환율이 대략 936원 50전입니다. 그럼 대략 5천억 원을 상회합니다."

성산 본사 사옥.

긴급 사장단 회의를 끝낸 직후였다.

이만식 회장은 동생 이만준 천성 회장과 이민지, 그리고 딸 이서경을 불러들였다.

당연히 장남 이재희도 배석했다.

이만식 회장이 전략기획실장의 답변에 쓴소리를 했다.

"내가 3천 원짜리 전자계산기한테 연봉을 10억씩 주고 있네. 지금 그거 물은 거야?"

"송구합니다, 회장님!"

"그 송구 좀 그만하고……. 테라 이 회장하고 약속은 어떻게 됐어?"

"테라 쪽에서 답변을 안 주는지라……."

"결정해야 만나겠다는 거야, 뭐야? 어린놈의 새끼가 싸가지가 없어."

통 큰 놈은 1분 만에 싸가지 없는 놈으로 둔갑을 했다.

테라에서 투자 제의가 온 것은 얼마 전.

10억 달러 규모의 지분 투자 용의가 있다는 제안이었다.

10조 원이다. 당연히 곧바로 연락을 취했다.

그런데 만나는 것은 차일피일 미룬다.

그러는 사이 주가는 계속 하락하고 있었다.

성산에만 투자 제의가 온 것도 아니었다. 4대 기업이 모두 투자 제의를 받은 것으로 파악되었다.

전부 10조 규모.

조건을 보고 어디 한 군데를 찌를 것이라고 생각할 수밖에 없었다.

'10조라…….'

주력인 성산전자 시가 총액의 9퍼센트.

끌리지 않을 수 없는 제안이었다.

가뜩이나 유동성이 얼어붙고 있는 상황.

그룹 계열사 중 흔들거리는 곳들도 몇 곳이나 된다.

이자를 지급하는 차입금도 아니니 비용 부담도 없다.

그러나 의심해 봐야 할 필요성은 있었다.

혹시 경영권을 노리는 것은 아닐까?

하지만 9퍼센트로 핵심인 성산의 경영권을 노릴 수는 없다.

이만식 회장 자신이 가진 지분만 12퍼센트, 그리고 자식들과 동생들 지분을 합치면 25퍼센트는 바로 넘는다.

우호 지분은 40퍼센트를 넘고.

"주가 전망은 어때?"

"일사분기 전망은 회의적입니다. 이사분기부터는 회복할 것으로 우리 연구소에서……."

"연구소 새끼들, 맨날 전망은……. 9.11 때 내가 당한 것 생각하면……."

이만식 회장은 2001년 9.11 당시를 생각하며 분통을 터트렸다.

성산 연구소에서는 절호의 기회라며 대규모의 옵션 매도 포지션 구축을 강력히 주장했다.

화요일 아침 주가는 예상대로 폭락했다.

이만식 회장은 곧바로 거액의 매도 포지션을 구축했다.

그것도 외가격 옵션 위주로.

그러나 며칠 휴장했던 뉴욕 증시가 개장하자 상황은 급반전했다.

다우나 나스닥은 생각했던 것만큼 내리지 않았다.

당연히 한국 증시도 다시 올라왔다.

구축한 포지션은 휴지 조각이 되어 버렸다.

그로 인해 손해 본 액수만 천문학적 금액이었다.

그때는 정말 똥줄이 탔었다.

지금도 그때와 같을지도……

"민지야."

"예, 큰아버지!"

이만식 회장이 조카 이민지를 불렀다.

"연락은 해 봤니?"

"예. 전화는 메리 앤이 받아요. 원래 걔는 전화가 따로 없어요."

"그 비서란 애는 뭐라 그래?"

"일정이 잡히면 연락하겠다고만……"

"흠!"

이미 지난번 선본 건 전해 들었다.

오늘 이민지까지 부른 건 다른 걸 물어보고 싶어서였다.

그때만 해도 테라의 총수는 이유.

그런데 불과 얼마 만에 총수가 바뀌었다.

그리고 테라는 시가 총액 기준 세계 최대의 금융 투자 회사가 되었다.

이제는 스물여섯의 싸가지 없는 새끼가 총수.

이진에 대해 자세히 파악할 필요가 있었다.

"그 이진이란 놈도 그렇지만 메리 앤 말이다. 어떤 애니?"

"그게……."

이만식 회장의 질문에 이민지는 딱히 대답할 만한 것이 없었다.

그냥 어울려 노는 사이였다.

이진은 말이 많은 것도 아니었고, 그렇다고 막 노는 스타일도 아니었다. 그저 모임에 참석해 술이나 퍼마시다 갔다.

그리고 어디서든, 얼마든 메리 앤이 모든 비용을 지불했다.

"정확히는 몰라요. 머리가 좋고 프린스턴을 졸업……."

"그런 건 나도 안다. 외적인 것 말고."

"그 집안이 아이를 많이 낳지 못해서 첩을 들인다고……."

"그럼 그 애가 첩이라고?"

"예. 그렇게 알고 있어요. 그래서 다른 친구들이 후궁이니 상궁이니 하면서 놀렸어요."

이민지는 자신이 아는 것을 소상히 알렸다.

"모임에서는 주로 무슨 이야기를 했는데?"

이만식 회장은 이민지를 붙잡고 늘어졌다.

어떤 유형의 인간인지 파악하려는 것. 그러려면 개인적인 접촉이 많았던 사람의 정보가 우선이다.

"글쎄요."

"가령, 경제 문제나 혹은 정치 문제 같은 거에 대해 이야기를 나눈 적 있을 거 아니야?"

"……."

그런 적이 있었나?

이민지는 재촉하는 큰아버지를 위해 기억을 더듬어야 했다.

그리고 한 가지가 기억이 났다.

"전에 한 번 주택 시장 호황에 대해 이야기한 적이 있었어요."

"뭐라고 했는데?"

"부동산이나 주택 시장이 호황인 건……."

맞다. 이민지 역시 경제학을 전공했지만 이진의 말은 납득하기 어려웠었다. 그래서 기억을 하고 있었다.

이진은 주택 시장이 호황인 이유가 구소련의 붕괴에서 비롯된 것이라고 말했었다.

유럽과 미국의 방위비 부담이 줄어들면서 갈 곳 없는 자본들이 은행 이자라도 건져 보자고 달려들었다는 주장.

거품이라고 했다. 언제든 무너질 것이라고…….

그런데 정말 그렇게 되어 가는 것 같다.

이민지의 말을 들은 이만식 회장은 탄성을 쏟아 냈다.

"허! 그때가 20살 때였다고?"

"예."

"난놈이다. 난놈이야."

"아빠! 그런 놈이 나더러 5달러 받아 가라고 해? 미친놈이지. 누굴 거지로 아나."

이서경이 냉큼 나섰다.

거지 취급 받았다고 돌아와서는 방방 뛰었었다.

"받아 오지. 그게 그 의미였어? 그 5달러짜리 주식이 지금 얼마야. 땅 파면 5달러가 나와?"

"아빠는……. 그러고 보니 그때 왕창 샀으면……."

가만히 생각해 보니 그때 살걸 하는 후회가 되는 이서경.

그러나 이미 때는 한참 늦었다.

그때 천성 이만준 회장이 물었다.

"사장단 회의에서는 어떤 결과가 나왔습니까, 형님!"

"종놈들이 뭘 안다고! 결정은 주인이 해야지."

"어쩌실 생각이십니까?"

"받아야지. 만약 그 자금이 LD나 현도에 들어가면 어떻게 되겠어?"

이만식 회장은 어렵사리 결론을 내렸다.

경영권만 안전하다면 10조를 거저 투자받는 것이나 마찬가지라고 결론 내린 것이다.

"강 실장!"

"예, 회장님!"

"100억 달러로 하자고 해. 다른 곳이랑 나눠 가지면 의미 없어."

"예. 그럼 일단 절차를 밟아서……."

"먼저 우리한테 투자 결정을 하라고 해. 그리고 절차를 밟아."

"예, 회장님!"

이만식 회장은 이민지에게 계속해서 접촉을 시도해 보라고 지시한 후 자리에서 일어났다.

"성산에서 연락이 왔습니다."

"다른 곳은?"

메리 앤이 보고를 하자 이진이 물었다.

"다른 곳도 다 마찬가지입니다. 모두 100억 달러를 원합니다."

"그럼 다 해 줘."

"그럼 총 400억 달러인데……."

웬만한 금액에는 눈도 깜짝하지 않는 메리 앤도 400억 달러에는 조심스러웠다.

"우리가 가진 게 1,000원이라고 치자. 그중 40원 뭐 사 먹는다고 달라질 게 있어?"

"그야 그렇지만……. 비유가 아주 디테일하세요. 1,000원은 아닌데……."

"원안대로 진행해. 계약은 존에게 맡기고 우린 다른 걸 하자."

"회장님이 안 나서시고요?"

메리 앤이 의아해하자 이진이 웃었다.

"어차피 원안대로 가는데 굳이 내가 나설 필요가 없지. 우린 다른 그림을 그리자고."

"다른 그림이라면?"

"론 캐피탈 코리아 사장 좀 들어오라고 해."

"예? 예."

메리 앤이 지시를 받고 전화를 돌렸다.

론 캐피탈은 사모펀드로 한국에 지사를 두고 있었다.

또 외환은행의 대주주이기도 했다.

2003년에 코메르츠 방크로부터 1조 3,833억 원에 매입해 대주주가 되었다.

이후 몇 차례 매각 협상을 벌였지만 번번이 실패했다.

그리고 지금은 HSBC와 매각 협상을 진행 중일 것.

이진은 역사를 바꾸려 하고 있었다.

"한 시간쯤 걸린답니다."

전화를 하자마자 한 시간 만에 들어오겠단다.

이미 면담 신청을 했지만 거부당했으니 당연한 일.

론 캐피탈의 총 자산 200억 달러.

그중 상당 부분은 테라가 투자한 돈이었다.

"한데 론 캐피탈은 왜……?"

메리 앤이 궁금한지 물었다.

"외환은행을 우리가 가지려고."

"예?"

"왜, 안 돼?"

"아니요. 직접 경영을 하시려고요?"

"그럴 수도 있고. 우리나라에 뭔가 든든한 것 하나 정도는 있어야지."

"그야 그렇지만……."

"외환은행 정도면……."

"예, 회장님!"

이진의 말에 메리 앤은 수긍을 했다.

이제 왕이 될 수는 없지만…….

아무것도 없는데 할아버지를 입국시키고 싶지는 않은 이진의 마음을 헤아렸다.

하지만 일이 잘될지는 미지수였다.

한 시간도 못 되어 론 캐피탈 코리아 유성원 사장이 호텔에 도착했다.

"이렇게 불러 주셔서 영광입니다. 그렇지 않아도 제안을 드릴 것도 있고 해서……."

투자를 하고 다닌다는 소리를 들었으니 당연히 무언가 들고 올 줄은 알았다.

그러나 제안은 이진이 먼저 해야 했다.

"그 전에 우리가 먼저 제안할 것이 있어요."

"예. 말씀하시죠."

유성원 사장이 두 손을 모은 채 기다렸다.

"외환은행을 우리 테라가 인수했으면 해요."

"예?"

"뭘 그렇게 놀라요?"

유성원 사장은 생각도 못했는지 크게 놀랐다.

그리고 곤란한 표정을 짓는다.

"하지만 이미 HSBC랑 매각 협상이 상당 부분 진행되고 있어서…….""

"HSBC는 돈 없어요."

"그게 무슨 말씀인지?"

이진이 웃으며 되물었다.

"67억 5천만 달러 맞죠?"

"그걸 어떻게……? 대단하십니다."

뭐 대단하기까지야.

이미 다 경험한 일, 디테일은 빨간 펜이 해결해 주었다.

"자세한 건 실무자들끼리 해결하시고, 그렇게 알고 협상해 주세요."

"…하지만 회장님! 그건 좀 곤란합니다."

이진은 간단히 면담을 마치려 했지만, 유성원 사장은 물러나지 않았다.

"왜 곤란한데요?"

"이미 약정서 체결 단계에까지 와 있는 협상입니다. 이제 와서 그걸 무효화하기에는 좀 늦은 감이 있습니다."

유성원 사장의 말에 이진은 아무런 언급도 하지 않았다.

대신 메리 앤을 부른다.

"메리?"

"예, 회장님!"

"내가 지금 허락받으려고 유 사장님 모신 건가?"

"그럴 리가요? 예의상 정식으로 통보를 하시려고 부르신 것으로……."

이진과 메리 앤의 대화에 유성원 사장이 안절부절못했다.

"그런데 여기 유 사장님이 안 파시겠다는데……."

곤경에 처한 유성원 사장.

설마 이렇게 나올 줄은 몰랐던 것이 분명했다.

"저기, 회장님! 안 판다는 말씀이 아니라… 이미 거래가 진행 중인데 끼어드는 것과 마찬가지라……."

"아! 그럼 내가 상도덕이 없는 놈이구나."

"회장님!"

유성원 회장이 막무가내인 이진을 애타게 불렀다.

그러자 메리 앤이 나섰다.

"HSBC는 지금 67억 달러 조달 못합니다. 왜냐하면 만약 론 캐피탈이 거부하면 HSBC에 예금된 우리 자본을 즉시 뺄 거거든요."

"저기, 비서실장님……?"

"그리고 현재 론 캐피탈 총 운영 자금 250억 달러 중 4분의 1이 우리 자금입니다. 그것도 회수하는 쪽으로……."

메리 앤이 거기까지 말하자 유성원 사장이 벌떡 일어났다.

"제가 본사에 바로 통보를 하겠습니다."

"존에게 전해요. 더 늦기 전에 우리한테 넘기라고. 국물까지 마셨으면 그릇은 내려놓아야죠."

존 그레켄 론 캐피탈 회장에게 전하라는 말.

유성원 사장이 고개를 숙였다.

이진은 존 대 존으로 외환은행 인수 협상을 지시했다.

존 미첨 대 존 그레켄이다.

밑그림 중 가장 중요한 부분이 그려지고 있었다.

외환은행을 인수하면 테라는 모국에 강력한 기반을 가지게 된다.

며칠이 지나자 4대 기업이 일제히 테라의 투자 내용을 발표했다.

다들 당황하는 눈치였다. 자신들만 투자를 받는 줄 알았는데······.

네 곳에 각각 100억 달러씩.

천문학적인 테라의 자본력에 당황할 만도 했다.

테라의 Buy Korea 행보는 점점 더 가열되고 있었다.

그러나 계획된 투자가 진행되자 이진은 비교적 한가해졌다.

그럼에도 외부 면담은 대부분 거절하는 이진.

메리 앤은 그 이유를 잘 알고 있었다.

제대로 결과가 나오고 나면 할아버지와 돌아가신 아버지,

그리고 어머니 데보라 킴에게 그 공을 돌리려는 것이었다.

"오늘은 쇼핑을 나가자."

"예, 회장님!"

이진은 정말 쇼핑에 나섰다.

그러나 백화점 쇼핑은 아니었다. 부동산을 사들이기 시작한 것이다. 그런데 그 매입 과정 자체가 기자들의 관심을 끌고도 남았다.

뭘 계획하고 사들이는 것인지, 아니면 돈 많은 개망나니가 돈지랄을 하는 것인지 알 수가 없었다.

강남의 한 커피숍에 도착하자 이진은 아예 따라다니는 기자들에게 커피를 제공했다.

"커피 맛 어때요?"

이진이 묻자 기자들이 대답 대신 카메라를 들이댔다.

"커피 맛 괜찮네. 메리?"

"예, 회장님!"

"이 건물 매입해."

"예, 회장님!"

이런 식이었다.

강남에 몇 개의 부동산을 매입한 이진.

다음은 곧바로 성북동으로 향했다.

거기서도 마찬가지였다.

"여기서부터 여기까지 사!"

"예, 회장님!"

한옥 몇 채를 통째로 사들인다.

물론 주인이 안 팔면 그만이었지만 그럴 리는 없었다.

시세보다 훨씬 높은 금액을 제공하니 말이다.

다음 날 매스컴에는 이진의 돈지랄이 상세하게 기사화되어 있었다.

이진의 행보는 거기서 끝나지 않았다.

다음은 사회복지 재단에 거액의 기부를 시작했다.

어려운 때라 여기저기서 찬사가 쏟아졌다.

인터뷰 요청도 다시 쇄도했다.

그러나 이진은 거부했다.

그렇게 한 달이 지나자 이진은 곧바로 '테라 코리아' 빌딩 단장에 들어갔다.

제6장

테라 KOREA (1)

재벌집 망나니
7대독자

테라의 독특한 사업 신조들은 대를 거치며 발전해 온 것들.

그러나 정작 그런 사업 신조들이 정형화된 것은 아버지 이훈 때부터였다.

가장 먼저는 'Small but Strong'.

이진의 아버지는 절대 회사 조직을 크게 확장하는 법이 없었다.

그것은 위기에 대응하기 위한 방편이기도 했다.

항상 위기를 염두에 두고, 언제든지 조직을 쉽게 재편할 수 있도록 아주 작게 만들었다.

그리고 나머지 필요한 부분들은 전부 아웃소싱으로 해

결했다.

당시만 해도 그런 방식으로 사업을 하는 금융 회사들은 많지 않았다.

대부분의 기업들은 규모의 경제를 추구했다.

그리고 사람들이 그런 회사들은 절대 망하지 않을 것이라고 생각했지만, 역사는 그런 사람들에게 뜨거운 교훈을 주었다.

또 이진의 아버지는 일찌감치 레버리지(Leverage)의 힘을 간파한 금융계의 선구자였다.

테라의 첫 번째 신조가 '작고 강하게.'라면, 두 번째 신조는 '절대 1등이 되지 않는다.'는 것이었다.

어떤 경우에도 투자한 회사의 대주주가 되는 법은 없었다.

테라는 투자한 회사의 경영이 마음에 안 들면 그것을 시정하려고 하지 않는다.

지분을 팔고 떠나는 것이 테라의 방식이다.

욕을 먹기 딱 좋은 방식이긴 해도 이진은 그것이 바람직하다고 여겼다.

서초동 7층 건물.

오래되지는 않은 건물이었다.

골격은 그대로, 내부 인테리어만 신속하게 진행되었다.

그리고 성북동에 매입한 집들은 곧바로 철거를 한 후, 한옥을 짓기 시작했다.

한옥 전문가가 필요한 일이라 시간이 걸렸다.

이진은 관련 전문가들에게 고액의 비용을 지불하고 쓸어 담다시피 동원해 신속하게 개축을 진행했다.

그러다 보니 2008년 3월의 반이 넘게 지나가고 있었다.

사옥이 먼저 단장을 마쳤다.

테라 코리아의 본점이 오픈을 하게 된 것이다.

테라 가문의 입장에서 볼 때는 대단히 의미 있는 일이었다.

그러나 사옥 개소식 같은 것은 없었다.

테라의 핵심 이사 7명이 모두 입국했다.

그리고 곧바로 회의가 열렸다.

아직 이곳저곳 손볼 곳이 많아 어수선한 분위기였지만 이사들의 안색은 밝았다.

특히 주식 담당자인 존 미첨은 입이 귀에 가 걸려 있었다.

엄청난 돈을 벌어들이는 중이었다.

그리고 이제는 이익을 실현할 때라고 생각하고 있었다.

"베어스턴스가 파산 신청을 했습니다. 예상대로입니다."

존 미첨이 가장 먼저 운을 뗐다.

작년 공매도 이후 미국 3대 지수는 가파른 하락을 거듭했다.

주가가 내려가야 돈을 버는 것이 공매도.

당연히 천문학적 평가 이익을 기록하고 있었다.

그러나 이제 포지션을 정리해야 할 때.

미국 중앙은행 격인 연준에서 시장에 개입하기 시작한 것이다.

당연히 이진의 입에서 '그럼 팝시다.'라는 말이 나올 줄 알았다.

그런데 이진이 반응은 무덤덤했다.

"그래요? 거, 잘됐네요."

"이제 공매도 포지션을 정리해야 하지 않을까요?"

"이유는요?"

"연준이 나섰으니 다른 회사들도 정부가 구제하지 않을까요?"

베어스턴스는 리먼이나 AIG에 비하면 새 발의 피.

그런 베어스턴스도 살리는데 하물며 리먼이나 AIG야 말해 무엇 하랴?

당연한 논리이자 주장이다.

존 미첨의 악센트가 단호해진다.

"회장님의 선견지명으로 구축한 공매도로 이미 이익이 200퍼센트가 넘은 상태입니다. 이제 슬슬 정리를 해 나가심이……."

그때, 메리 앤이 들어오며 인쇄물을 7명의 이사들 앞에 하나씩 내려놓았다.

　인쇄물에는 향후 1년 치 계획이 들어 있었다.

　이미 이스트사이드 저택에서 작성한 것이다.

　정해진 역사이니 변할 리 없다.

　이진이 자리에서 일어섰다.

　"존의 말이 맞아요. 근데 시간만 조금 더 늦춥시다."

　이진은 존의 주장을 반박하지 않았다.

　"어느 정도로······?"

　"조금씩 풀다가 9월 15일 이후부터 두 달 안에 정리를 하죠."

　무슨 말일까?

　날짜를 콕 집어내는 이진.

　"물론 추가 하락할 가능성도 배제할 수 없지만 우리 물량을 고려할 때 그 이하면 청산에 불리하게 작용할 겁니다."

　이사들은 모두 어리둥절해한다.

　지금까지는 이진의 전략과 예측에 감탄했다.

　그러나 연준이 베어스턴스를 구제한다고 하자 입장이 슬금슬금 바뀌기 시작한다.

　지금이 저점이라고 생각하게 된 것이다.

　주가는 경기에 선행하는 법.

　게다가 공매도 포지션은 주가가 오르면 큰 손실을 불러

올 수 있다.

이러다 갑자기 다우가 치고 올라가면?

돈방석이 아니라 바늘방석에 앉게 될 것이 확실했다.

그러나 이진의 생각은 달랐다.

저점이나 고점은 사람들이 상상하는 것보다 한참 아래이거나 한참 위다.

개인 심리보다 훨씬 더 원초적인 것이 군중 심리.

리먼이 파산 신청을 하고 연준이 구제하지 않으면 시장은 공황 상태에 빠질 것이 분명했다.

이진은 그날 아침 CNN의 실시간 브레이킹 뉴스를 빠짐없이 기억하고 있었다.

짐 싸서 회사를 떠나는 리먼의 직원들이 보이는 것 같았다.

'남자 둘이 카메라 뒤에서 엉켜 키스도 하고 그랬지?'

방송 사고도 있었다.

아무튼 별의별 일이 다 있었다.

아수라장이었다.

어쨌든 주가는 다우든 코스피든 10월이 되어야 저점을 형성할 것이 분명했다.

먼저는 필드에서 일하는 사람들을 납득시켜야 했다.

"리먼의 부채 규모가 얼마나 되는 것 같아요?"

"제가 파악하기로는 2,000억에서 2,500억 정도로 알고 있습니다."

작년에 리먼이 발표한 내용이다.

리먼은 심지어 세계에서 가장 우수한 투자 기업으로 선정되기까지 했었다.

"리먼의 부채는 6,000억 달러가 넘어요."

이진의 말에 모두 눈을 부릅뜬다.

천문학적 금액.

테라가 미국 정부에게서 받은 채권의 60퍼센트.

무너지면 그야말로 아수라장이 될 만한 금액이다.

"확실한 겁니까, 회장님?"

"그럼요. 제가 알아볼 만큼 알아봤어요."

"그렇다면 더……."

존 미첨은 곧바로 역발상을 한다.

과연 미국 정부가 그런 천문학적 금액의 부채를 가진 회사의 파산을 방관할 것인가?

이진이 빨간 펜을 들고 회의실을 걸으며 말했다.

"리먼과 AIG라면요? 둘 중 누구를 살릴까요?"

"둘 다 살리기에는 그동안 미국 정부가 돈을 너무 풀었어요."

이진이 말을 이었다.

"그렇다고 AIG 주식을 가진 사람들이 이익을 보진 못하겠죠?"

당연한 말.

엄청난 구조 조정의 한파가 밀어닥칠 것이다.

감자를 단행할 가능성도 있다.

"나눠 드린 문서에는 구체적인 수치와 루틴이 적시되어 있습니다. 거기에 따라 공매도 포지션을 정리하세요."

"기준일이 9월 15일이고 적어도 11월까지는 전부 청산해야 합니다."

메리 앤이 돕고 나섰다.

"맞습니다. 그 정도 시간은 있어야 이익을 최대화할 수 있을 겁니다."

"예, 회장님!"

모두 문서를 살피느라 여념이 없다.

메리 앤만 힘차게 대답을 했다.

존 미첨이 전문가답게 가장 민감하게 반응했다.

"여기 적힌 수치대로라면 저희 수익은 역사적이라고 할 만하겠는데……."

"너무 많이 버나요?"

이진이 웃으며 반문했다.

이익 추정치는 무려 5,000억 달러 이상이었다.

존 미첨의 말대로 가히 역사에 남을 만한 투자 성공 사례가 된다.

물론 어디선가는 곡소리가 나겠지만.

"아, 아닙니다. 되기만 하면이야……."

"된다고 믿으세요. 잃으면 제가 다 책임집니다."

이진이 단언했다.

어쨌든 이제 투자 이익을 거두어들이는 상황.

그러나 살 때보다 팔 때가 더 중요하다.

개인 투자자들이 착각하는 건 하나다.

모두 사는 데 집중한다.

내가 산 주식이 매일 상한가를 치는 꿈을 꾼다.

근데 언제 팔지는 정하지 못한다. 가장 좋을 때 팔기로 한다.

그때는 언제일까?

포지션을 정리하지 않으면 계좌에 돈은 안 들어온다.

박주운은 몰라도 이진은 그걸 잘 알고 있었다.

"여기 모이신 분들은 세계 최고 전문가예요. 리먼이나 메릴린치에 당하면 안 되겠죠?"

"회장님은 버냉키한테 당하면 안 되시고요."

메리 앤이 연준 의장을 거론하는 농담으로 이진에게 일침을 가했다.

"난 버냉키가 리먼 안 살리는 쪽에 올인한 겁니다."

"하하하!"

"호호호!"

맞받는 이진의 농담에 분위기는 조금 부드러워졌다.

모두 어마어마한 플랜에 경직될 찰나, 마인드를 유연하

게 풀어 주는 센스를 발휘하는 메리 앤.

회의는 일사천리로 진행되었다.

"역시 스카니아네."

회의가 끝나고 나자 이진은 곧바로 와타나베 다카기를 불러들였다.

위성에 찍힌 사진을 입수한 것이다.

그리고 박주운의 교통사고는 21톤이 넘는 트럭과의 충돌이었다.

유추해서 확인해 보니 차종은 스카니아일 것으로 보인다.

물론 정확한 판단은 어렵다.

그러나 사고가 아닌 것은 확실했다.

"다음은요?"

"전에 알아보라고 하신 김영미라는 여성에 관한 내용입니다."

김영미.

대학을 졸업하고 태양산업에 입사한 박주운이 처음 사귄 여자였다.

고등학교를 막 졸업한 김영미는 반짝반짝 빛날 정도로 예뻤다.

첫눈에 반해 몇 달 정도 교제를 했었다.

사내 연애라 조심스러웠다.

"잘 살아요?"

"잘 산다고 해야 할지는 모르겠습니다. 현재 천성의 S마트 강동점에서 비정규직으로 일하고 있습니다."

태양산업은 애초에 그만둔 모양이다. 하기야 고졸 생산직 여직원을 오래 고용해 주는 회사는 별로 없다.

"가족은요?"

"딸이 하나 있습니다."

결혼해서 딸을 낳은 모양.

"남편은 뭐 하는 사람인데요?"

"남편은 없습니다."

"이혼? 사별?"

이진은 의아해하며 반문했다.

남편이 없는데 어떻게 딸을 낳았을까?

"결혼을 한 적이 없습니다. 미혼모였던 것으로 확인이 되었습니다. 이후 혼자 키웠습니다."

"……"

괜찮은 남자 만나 잘 살고 있을 줄 알았다.

단호한 성격이었다.

성산 이서경과의 섬싱이 보도된 이후 김영미와는 자연스럽게 멀어졌다. 그 일에 대해 단 한마디도 하지 않았었다.

박주운이 사실을 말할 때도 그저 입을 꽉 다문 채 도리질을 한 게 전부.

결혼을 약속한 사이도 아니었으니 그것으로 끝이었다.

그러고는 비참하게 사느라 바빴다.

고작 그렇게 살려고…….

"병신 같은 놈!"

"예?"

"아, 아니에요. 다른 생각이 나서……."

"예. 아무튼 딸은 고등학교를 졸업하고 2년제 대학에 올해 입학했습니다. 영화 전공입니다."

"……."

이진은 더 묻지 않았다.

어쨌든 박주운의 죽음은 타살인 것.

성산 이서경의 짓일 가능성도 있었다.

그도 아니면 이만식 회장의 사주로 벌어진 일일 수도.

"태양산업에 대해 좀 더 조사해 보세요."

명상도, 빨간 펜도 태양산업에서 머무르고 있었다.

계획을 미리 세워 놓지 않았다면 당황할 뻔했다.

태양산업에 뭔가 있었다.

"예, 회장님!"

와타나베 다카기가 조사 내용이 담긴 서류 봉투를 내려놓고 물러갔다.

잠시 후, 이진은 서류 봉투를 열었다.

안에는 김영미와 딸의 사진, 그리고 조사 보고서가 들어 있었다.

'영미가 이렇게……. 여전히 곱네.'

그리고 김영미의 딸.

이름은 박혜주였다.

미혼모로 키웠다는데 어째서 성은 박씨가 된 것일까?

이진은 박혜주의 사진을 보는 순간 손이 떨렸다.

문득 박주운과 닮았다는 생각이 들었다.

그때.

"회장님!"

"아! 메리!"

갑자기 들어온 메리.

이진은 나쁜 짓을 하다가 들킨 사람처럼 얼른 사진을 감췄다.

"뭐예요?"

"아무것도 아니야."

얼른 발뺌을 하는 이진.

"부총리 만나셔야죠."

"맞다. 오늘이지?"

"예. 지금 출발하셔야 합니다."

이진은 자리에서 일어나야 했다. 새 정부의 기획재정부

장관이자 부총리인 강만순과 약속이 되어 있었다.
 이진은 김영미 관련 서류를 서랍에 넣고는 자리에서 일어났다.

 약속 장소는 세종로 정부청사.
 강 부총리의 집무실이었다.
 "오! 어서 오시오, 이 회장!"
 "이진입니다."
 악수를 한 이진에게 자리를 권하는 강만순 부총리.
 "한데 어쩝니까. 내가 선약이 있어서……. 한 30분 정도밖에는 시간을 낼 수 없을 것 같습니다."
 "그 정도면 충분합니다. 시간 내 주셔서 감사드립니다."
 이진은 짧게 대답했다.
 하지만 메리 앤은 기가 막혔다.
 만나자고 줄기차게 연락할 때와는 상반된 태도.
 이런 걸 화장실 들어갈 때 다르고, 나올 때 다르다고 표현하는 것인가 싶었다.
 약간의 어색함.
 그런 가운데 이진은 강만순 부총리와 소파에 마주 앉았다.

그다지 환영하지는 않을 것이라고 생각했다.

새 대통령 취임식 맨 앞자리에 초대받고도 가지 않았다.

게다가 여러 차례 청와대 초청을 받았음에도 묵묵부답.

한국인의 정서로 봤을 때 어린놈이 싸가지 없다는 말을 들을 만하다.

그러나 일부러 가지 않은 것이었다.

가 봐야 사회 간접 자본 투자에 대해 열을 올렸을 것이다.

사회 간접 자본이 뭐겠는가?

4대강일 것이 분명했다.

하지만 이 시점에서는 4대강보다 금융 경색이 먼저가 되었다.

"요즘 많이 바쁘시죠?"

"경제야 늘 어렵죠. 다들 어렵지 않습니까??"

원론적인 말들이 한마디씩 오갔다.

"AIG하고 리먼도 비틀거린다는 소문도 들리고……. 티모시 총재가 이번에도 나서겠죠?"

강만순 부총리가 슬쩍 떠본다.

연방준비은행 총재 티모시가 베어스턴스에 긴급 대출을 했다. 그러니 부도 소문이 나도는 회사들에도 대출을 해 주지 않을까 묻는 것이다. 혹시 알고 있느냐고.

그 순간, 묘하게도 메리 앤의 전화 진동이 울렸다.

메리 앤이 일어서 나가더니 곧바로 다시 들어온다.

"회장님! 헨리 재무장관입니다. 급한 용무라는데……."

이상한 일이었다.

어젯밤에도 전화해서 징징거리더니.

밤중일 텐데 왜 전화를 했을까?

이진이 곧바로 강만순 부총리에게 양해를 구했다.

"헨리 재무장관인데 그 대답을 바로 드릴 수 있을지도 모르겠습니다. 잠시만 전화를 받아도 될까요?"

"그럼요. 안부나 전해 주십시오."

"예. 그럼 잠시 실례하겠습니다."

양해를 구한 이진이 전화를 받았다.

이진은 오로지 '예스.'와 '노.'로 일관했다.

강만순 장관은 무슨 이야기가 오가는지 궁금할 수밖에.

전화를 끊고 나자, 이진이 곧바로 들이댔다.

"산은이 리먼에 관심이 있다고 들었습니다."

"그럴 리가요? 혹시나 해서 한번 운을 떼 본 거죠. 하하하!"

속내를 들킨 강만순 부총리가 너털웃음을 터트렸다.

이진은 가만히 그런 강만순 부총리를 바라봤다.

아마 심장이 덜컥했을 것이다.

정부는 한국산업은행을 통해 리먼의 일부 자산 인수를 시도하고 있었다.

"그러셨군요. 제가 오늘 부총리님을 찾아뵌 이유는……."

"잘 알고 있습니다. 외환은행 때문이시죠?"

강만순 부총리는 다 안다는 표정으로 이진의 말을 끊었다.
그러자 이진이 양팔을 들며 아닌 척했다.

"아! 외환은행요. 사긴 살 생각입니다만, 오늘 부총리님을 뵌 건 다른 이유에서입니다."

이 자식이, 외환은행이 무슨 마트 라면인가?

'누구 마음대로?'

강만순 부총리는 이진의 말에 어이가 없었다.

청탁을 하려고 온 것이라고 생각했다. 어쨌든 외환은행을 인수하려면 정부의 허가가 관건이니 말이다.

그런데 그건 별것 아니라는 듯 말한다.

100억 달러는 안 돼도 6, 70억짜리 거래인데…….

하기야 4대 기업에 100억 달러씩 용돈 건네듯 투자를 한 놈이니…….

"그럼 오늘 절 찾아온 용건은……."

"다른 것이 아니라 저도 한국 사람인지라?"

"무슨 뜻이신지요?"

"환율 방어에 공을 들이신다고 들었습니다."

"아!"

강만순 부총리는 그제야 무슨 말인지 알아들었다.

이진이 덧붙였다.

"대통령님도 그렇고 부총리께서도 집권 초기에 환율 때문에 걱정이 많으시다 들었습니다."

"하하하! 그렇죠. 환율이 가파르게 오르는지라……."

강만순 부총리는 쓴웃음을 지어야 했다.

'이 자식이 왜 아픈 곳을 찌를까?'

IMF 환란 이후 한국 정부의 경제 딜레마는 늘 외환 보유고였다.

자라보고 놀란 가슴 솥뚜껑 보고도 놀란다고…….

한 번 크게 당해서일까?

국민들도 야당도 외환 보유고에 민감하게 반응했다.

그런데 이번 정부는 집권 초기부터 좋지 않았다.

작년부터 오르기 시작한 환율은 1,100원대를 넘어선 지 오래.

외환 보유고는 점점 하락 곡선을 그리는 중이었다.

이진이 본격적으로 입질을 했다.

"제가 달러가 많아서……. 언제든 부족하시면 저에게 연락을 주십시오."

뭐라고 대답해야 하나?

강만순 부총리의 입장에서 볼 때 지금까지 이런 식의 거래는 없었다. 국가 경제를 두고 말하는데 마치 아는 사람 돈 빌려 준다는 모양새다.

얼마나 있을까?

"아직은 괜찮습니다. 98년 이후 외환 관리를 잘해 온지라……."

"한 2,000억 달러 정도인데 줄어들고 있다고……."

강만순 부총리는 다시 깜짝 놀라야 했다.

아직 발표도 안 한 것을 어찌 이리 잘 아는 것일까?

"하하하! 젊으신 분이 대단하십니다. 만약 어렵게 되면 연락드리지요. 그런데 얼마나……?"

강만순 부총리가 허세를 살짝 접으며 물었다.

"많이는 아니고……. 메리!"

"예, 회장님!"

"우리가 얼마나 한은에 저금할 수 있지?"

이진의 말은 거의 황당할 정도였다.

예치, 혹은 투자나 지원이 아니라 저금이란다.

그러나 메리 앤은 한술 더 떴다.

"한 1,000억 원 정도……. 어머나, 세상에! 죄송합니다. 한국에서 오래 지내다 보니……. 1,000억 달러 정도는 언제든 필요하시면……."

으악.

억 소리가 났다.

조금은 살벌 떨떠름하게 대하던 강만순 부총리도 물러서지 않을 수 없었다.

1,000억 달러라니?

"그럼 그 1,000억 달러를 한은에 예치하시겠단 말씀이십니까?"

"외환 보유고가 충분하시다고 하니 그럴 필요는 없겠군요."

강만순 장관은 아차 싶었다. 방금 외환 보유고는 안정적으로 관리하고 있다고 했으니 말이다.

어떻게 말을 돌려 볼까 고민할 때, 이진이 곤란함을 덜어 주었다.

"언제든지 부족하시면 말씀 주십시오. 오늘 제 용건은 그겁니다. 찾아뵙고 말씀드리는 것이 도리인 것 같아서……."

도리를 아는 놈이… 아닌데, 아는 놈이 되었다.

1,000억 달러면 지금 자신과 새 정부를 짓누르고 있는 외환 보유고의 악몽을 털어 낼 수 있다.

대가는 무엇일까?

당연히 외환은행일 것이다.

외환은행 또한 한국 정부에게는 악몽이다.

어떻게든 정리해야 할 앓는 이 같은 것이 외환은행

그래도 생판 모르는 HSBC보다 검은 머리 외국인인 테라가 낫지 않을까?

구체적인 이야기를 해 보고 싶었다.

거기다가 새 정부에서 야심차게 추진하고 있는 4대강 사업 투자도 곁들여서…….

그런데 그때 메리 앤이 초를 쳤다.

"회장님! 장관님 시간이 다 되셨는데요?"

"아! 바쁘신 분 붙잡고 별것도 아닌 일로 시간을 너무 지체했네요. 그럼 전 이만!"

왜 이러실까?

지금까지 이런 놈은 없었다.

1,000억 달러 예치가 별것도 아닌 일이 되어 버리는 순간.

체면 불고하고 붙잡아야 하나?

그러나 망설일 틈도 없었다.

"언제든 연락 주십시오. 그리고 산은이 꼭 리먼 인수하기를 바랍니다."

인사를 한 이진과 메리 앤이 바람 소리를 내며 집무실을 빠져나갔다.

강만순 부총리는 멍하니 서 있다가 소파에 주저앉았다.

"리먼이 망한다고 노래를 부르시더니 왜 그러셨어요?"

메리 앤이 눈을 동그랗게 뜨며 물었다.

산업은행이 리먼을 인수하기 바란다고 부총리에게 한 말을 꼬집는 것이다.

이진이 웃으며 말했다.

"그나저나 우린 환상의 케미야. 그치?"

"케미요?"

"응. 잘 어울린다는 뜻이지."

"그러네요."

사실 전화는 성북동 한옥 전문가에게 온 것이었다.

툭하면 만나자고 하던 강만순 부총리가 시간이 없다고 하자, 메리 앤이 심통을 부린 것.

물론 완전 거짓말은 아니다.

몇 차례 버냉키 연준 의장, 헨리 재무장관, 그리고 티모시 연준은행 총재에게 전화가 왔었다.

메리가 그걸 적절하게 이용한 것.

이진도 그런 메리의 거짓말에 적절하게 반응했다.

"근데 1,000억 달러가 뉘 집 애 이름도 아니고……."

"언제는 가진 1,000원 중에 100원이라면서요?"

"내가 그랬나?"

이진의 농담에 메리 앤이 도끼눈을 떴다.

그때, 엘리베이터가 1층에 도착했다.

그러자 이진이 갑자기 몸을 웅크리면서 말했다.

"나 잡아 봐라?"

"거기 서요."

세종로 정부청사 로비에서 때 아닌 활극이 벌어졌다.

이진이 튀어 나가자 가드들이 우르르 달려들었다.

2008년 9월 15일 아침.

모든 일이 순조롭게 진행되었다.

한옥은 어느새 새 단장을 마치고 주인을 기다리고 있었다.

가구만 들이면 끝이 난다.

비로소 테라 가문이 고국에 터를 잡는 것.

리먼 브라더스가 파산 신청을 했다는 소식이 전해졌다.

서브프라임 모기지 부실과 파생상품 손실 등에서 비롯된 공식적인 부채만 6,130억 달러(약 684조 원).

세계 경제는 삽시간에 한 치 앞을 모르는 암흑 속으로 빠져들었다.

그러나 뉴욕과 서울의 테라 건물에서는 환호성이 터져 나왔다.

모든 것이 이진의 계획대로 차근차근 진행되고 있었다.

이진은 무덤덤한 표정으로 출근했다.

메리 앤은 표정을 감추느라 애를 쓰긴 했지만 지나치게 해맑았다.

"너무 티는 내지 마, 메리!"

"그렇게 티가 나요?"

"응. 다른 사람이 보면 계 탄 줄 알겠어."

이진은 메리 앤에게 화두를 던져 놓았다.

아마 계 타는 게 뭔지 알아보려 동분서주할 것이다.

메리 앤이 계 타는 것에 대해 알아보고 온 후, 이진은 몇 가지 당면한 일을 처리했다.

강만순 부총리는 아침부터 달러 지원을 해 줄 수 있느냐고 물어 왔다.

"전에 말씀하신 내용이 아직 유효하냐고 묻는데요?"

"미국 국채 1,000억 달러를 한은에 예치하겠다고 해. 조건은……."

메리 앤이 나섰다. 척하면 착 하고 안다.

"첫째는 다른 외환 보유고가 바닥나기 이전에는 채권을 매각하지 않는다는 것과 외환은행이겠군요."

"오케이! 그거면 돼."

한마디로 손 안 대고 코 푸는 격이었다.

1,000억 달러어치 국채를 다른 나라 중앙은행에 예치한다면 미국 정부가 좋아할 리 없다.

그러나 처분하지 않는다는 조건과 다른 당근을 곁들이면?

"헨리 재무장관에게는 자금을 투입해 주식 시장 방어에 나서겠다고 당근을 줘."

"예, 회장님! 바로 뉴욕에 지시할게요."

메리 앤이 지시를 받고 밖으로 나갔다.

오늘은 중요한 날이었다.

할아버지 이유가 한국에 들어오는 날이었다.

성북동 한옥을 보여 드리고 테라 사무실도 방문할 예정이었다.

이진에게는 이보다 중요한 일이 없었다.

오전 내내 쏟아져 들어오는 지원 요청과 전화를 모두 거절한 이진은 오후에 메리 앤을 대동하고 공항으로 나갔다.

공항에는 이미 유모 안나와 한영 회장 송인규 일가가 총출동해 있었다.

"회사는 어떠세요?"

"덕분에 위기를 넘길 수 있었습니다."

송인규 회장이 이진에게 고개를 숙였다.

일이 이 지경까지 될 줄은 몰랐을 것이다.

그때 테라에서 지원에 나서지 않았다면 한영은 부도가 나고 말았을 것이 확실했다.

지나고 보니 아찔한 순간.

아무리 지나쳐도 과례는 아니었다.

이진은 담담하게 공을 돌렸다.

"모두 회장님께서 애쓰신 덕분이죠."

도착 시간이 많이 남아 대화가 이어졌다.

"4대 기업 말입니다."

"예. 계열사를 인수하던가요?"

송인규 회장이 넌지시 4대 기업을 거론하자 이진이 반문했다.

"예. 성산에서 우리 전자를, 그리고 현도에서 건설을 매수했습니다. 대략 1조 원 대규모입니다."

"로테는요?"

"로테와 LD가 서로 유통을 고집하는지라……."

송인규 회장의 말에 이진은 별다른 반응을 하지 않았다.

그러자 송미나가 나섰다.

"재계 2세나 3세들 이야기로는 테라의 투자 자금으로 4대 기업들이 옵션 투자에 나서지 않겠느냐고……."

"그러면 안 되죠. 엄연히 투자는 연구 개발과 산업 시설 확충에만 국한되도록 했거든요."

"그렇지만 현실이……."

송인규 회장이 말을 받는다.

4대 기업의 주식 시장 시가 총액을 합치면 30퍼센트를 웃돈다.

그런데 금융 위기를 빌미로 옵션에 투자한다면 자기 회사가 망한다는 것에 돈을 거는 것이나 마찬가지.

이진도 잘 알고는 있다.

적어도 이만식 회장은 그러고도 남을 인간.

지금이 기회라 여길 것이 분명했다.

자기 회사 망하는 것에 돈을 걸어 개미들 똥구멍까지 핥아먹는 개자식.

"지금 상황으로 볼 때 충분히 가능성이 있습니다. 그래서 말씀인데……."

메리 앤이 나서려 했다.

이진은 테이블 밑으로 메리 앤의 손을 슬쩍 잡으며 말했다.

"할아버지 들어오시면 내일 다 같이 식사나 하시면서 여쭤보죠."
"예. 알겠습니다."
이진의 말에 송인규 회장이 물러섰다.
한 시간을 기다린 끝에 할아버지 이유와 어머니 데보라 킴이 전용기를 타고 도착했다.
입국 수속을 마치고 게이트를 빠져나오자 이진이 달려가 부축을 했다.
"고생 많았구나."
"오시느라 고생하셨지요?"
메리 앤이 다가가 꽃다발을 걸었다.
노안에 눈물이 고인다.
그토록 조상 대대로 애타게 그리던 조국의 땅, 그 땅을 처음 밟는 것이다.
다른 사람들은 느끼지 못하는 깊은 할아버지의 속내를 이진은 느낄 수 있었.
"여기가 서울이야?"
"인천이에요!"
데보라 킴이 황당한 소리를 하자 안나가 웃으며 대답했다.
데보라 킴 역시 한국은 처음.
메리 앤도 처음 이진을 따라 한국에 왔고, 이진 역시 그때가 처음이어야 했다.

"혹시 우리 있는 동안 전쟁 나는 거 아니야? 비행기 언제든 출발하게 해 둬."

"애미야!"

"예, 아버님!"

"너 때문에 모처럼만에 웃는다."

웃는다고 말하는 할아버지 이유.

미소는 눈물과 함께였다.

곧바로 성북동으로 향했다.

한옥은 본채만 완성된 상태.

할아버지와 어머니가 먼저 입주하도록 신경을 썼다.

도착하자 이진이 물었다.

"어떠세요?"

"좋구나."

할아버지 이유는 마음에 드는 모양.

"경복궁은 안 판다고 해서……"

"녀석!"

이진의 농담에 웃는 할아버지.

"오 집사가 안 보이네요."

"집 지킬 사람이 필요해서 뉴욕에 있기로 했어."

어머니 데보라 킴이 대답했다.

일단은 쉬어야 할 것 같았다. 연로한 할아버지에게 근 15시간의 비행은 쉬운 일이 아니었다.

이진은 손수 비단 금침을 펴 자리를 만들었다.

"그럼 내일 아침에 뵐게요. 저희는 한 달은 더 지나야 들어올 것 같아요."

"그래. 내일 보자."

이진은 할아버지가 침소에 드는 것을 보고 밖으로 나왔다. 어머니 데보라 킴도 피곤한 모양이었다.

"호텔로 돌아가시겠어요?"

메리 앤이 다가와 물었다.

그때 함께 온 송서찬이 다가왔다.

"오랜만이야."

"그래. 요즘 바쁘다며?"

한영제과에서 일한다고 했다.

"그냥 그래. 처음 하는 일이라……. 시간 되면 술이나 한잔할까?"

"그럴까?"

그렇지 않아도 한번 만나 보려고 했었다.

호텔 바에서 만나기로 한 후 성북동을 출발했다.

❖ ❖ ❖

송서찬은 혼자가 아니었다.

누나인 송미나가 동행한 것.

넷이 앉아서 칵테일 잔을 들었다.

"제과가 안 맞아?"

"뭐든 안 맞지. 내가 전공도 그렇고……."

그때 송미나가 나섰다.

"한데 선보는 일은 잘돼 가세요?"

"아, 한국에 들어와서는 아직……. 근데 그건 왜 물으세요?"

"아까 어머니 회장님이 말씀하시더라고요. 내일부터 서둘러 나서셔야겠다고. 호호호!"

이진은 얼른 메리 앤의 눈치를 봤다.

데보라 킴의 입장에서는 당연한 일.

그러나 메리 앤도 사람이니 기분은 썩 좋지는 않을 것이다.

"저도 괜찮은 애들 많이 알아요."

"아, 예. 한데 요즘은 바빠서……."

"그래도 어머니 회장님은……."

"누나, 그만해."

송서찬이 나섰다.

이진도 슬며시 기분이 나빠지려 했다.

메리 앤은 잠자코 듣기만 했다.

"우리 그 이야기는 그만하죠."

"…예. 참, 그 얘기는 생각해 보셨어요?"

이진은 슬며시 짜증이 나기 시작했다.

그러나 송미나는 안나의 조카. 함부로 대할 수는 없었다.

"무슨 얘기요?"

"아버지가 말씀드린 옵션 투자요."

"누나!"

송서찬이 다시 제지하고 나섰다.

그러나 이진이 물었다.

"옵션이라면… 경제 전망이 좋지 않으니 풋옵션에 투자하겠다는 말씀이시죠?"

"예, 회장님이 투자하신 돈 중 아직 집행이 안 된 돈이 상당 부분이라……."

이진이 송미나를 바라봤다.

예쁜 얼굴이긴 하다. 그러나 복은 없어 보인다. 송인규 회장을 빼닮았다.

송서찬은 외탁인 모양이란 생각이 들었다.

"그 투자 자금은 한영제과 미래를 위한 자금인데 그걸 옵션에요?"

옵션은 도박이다.

아니, 파생금융상품이란 것이 다 그렇다.

원래의 목적은 본 상품에 대한 헤지(Hedge).

즉, 혹시나 모를 위험을 회피하기 위한 수단이다.

하지만 이미 시장에서 그런 순수 기능은 상실한 지 오래였다.

실체도 없는 파생금융상품들은 계속 꼬리를 물고 나와 사람들을 유혹한다.

리먼이 무너진 이유의 대부분도 따지고 보면 무분별한 파생상품 투자에 있었다.

"좋은 기회잖아요."

"자칫하면 큰 손실을 입습니다. 거기다 한영의 미래를 거시려고요?"

"어머나! 젊으신데도 되게 고지식하시다?"

술 취한 것 같지는 않은데 말이 막 나온다.

메리 앤이 결국 나섰다.

"이것 보세요. 송미나 씨?"

"왜요?"

힐끗 보며 왜요?

"여긴 사석인데 꼭 일 이야기를 하셔야겠어요?"

"비서님은 가만히 좀 계세요. 설마 본분이 비서란 걸 잊은 건 아니시겠죠?"

"누나! 왜 그래?"

송서찬이 말렸지만 송미나는 막 나갔다.

"솔직히 전 테라에 불만 많아요. 고모도 그렇고요. 기왕 도와주시는 거면 투자 자금을 우리가 원하는 데 쓰도록 해주셔야죠."

"원하는 게 한영을 살리는 일 아니었나요?"

이진은 비교적 담담하게 말을 받았다.

"우리 모임이 있어요. 재계 상위권에 있는 집안 애들이 거의 다 포함되어 있죠."

"그런데요?"

"회장님, 그만 들으시죠?"

메리 앤이 말리고 나섰다.

그러나 이진은 손을 들어 메리 앤을 제지했다.

"모두 향후 1년 이상 경제 전망은 어려울 것으로 봐요. IMF에 버금가는 위기죠."

"그래서요?"

"다들 파생상품인 풋 옵션에 투자할 적기라고 판단하더라고요."

"그럼 한국 10대 기업들이 옵션 투자에 나선다는 말이에요?"

"예. 분명히 그럴 거예요. 한데 우리 한영만 돈을 쌓아 놓고도 손가락만 빨고 있잖아요."

결국 이 자리는 송미나가 만든 자리란 걸 이진은 눈치챘다.

송인규 회장이 공항에서 꺼낸 말도 우연이 아닌 것이다.
설비와 제품 개발, 그리고 마케팅에 쓸 투자 자금을 전용할 수 있도록 해 달라는 요구를 하려는 것.
'뜨거운 맛을 봐야 정신을 차리려나?'
이진은 순간 그런 생각이 들었다.
그러나 그 순간에도 유모 안나가 떠오른다.
"주가가 얼마나 떨어질 것으로 보시는데요?"
"대부분 코스피는 500 아래로 내려갈 것으로 보더라고요. 보통 상황이 아니잖아요. 다우가 1만선 아래로 떨어지는 거야 불 보듯 빤하고요."
"이대 나오셨다고 하셨죠?"
"아! 예. 한데 그건 왜?"
송미나는 이대 경영학과 출신이라고 들었다.
"그럼 프린스턴 경영학부 출신인 메리의 의견은 어떤지 들어 볼까요?"
"그게 무슨……."
송미나가 메리를 힐끗 쳐다본다.
그러자 메리 앤이 입을 열었다.
"주가가 얼마나 내릴까 전망치를 물으시는 거죠?"
"맞아."
이진이 고개를 끄덕였다.
"저는 잘 모르겠어요."

"어머나! 프린스턴 출신이신데 전망도 못 내놔요?"

송미나가 끼어들었다. 그러자 메리 앤이 대답했다.

"투자하는 것도 사람인데 제가 어떻게 그걸 미리 알겠어요. 단, 한 가지는 알죠."

"그게 뭔데요?"

송미나가 메리 앤에게 물었다.

메리 앤이 딱 부러지게 대답했다.

"다우든 코스피든 우리 회장님이 저점을 정하신다는 거죠."

"무슨 그런 황당한……. 그럼 테라가 뉴욕 증시까지 좌지우지할 수 있다는 거예요?"

"그럴 지도요. 웃자고 한 얘기예요."

메리 앤이 웃으며 대답했다.

송서찬이 진화에 나섰다.

"누나, 그만해. 오늘 여기 그냥 친구 만나려고 나온 거지, 일 이야기하려고 나온 게 아니야."

"그래. 그러자."

송미나가 물러났다.

송서찬이 얼른 분위기를 바꾸려 나섰다.

그런데 그게 하필 최근에 나온 영화 이야기.

"마블 영화에 제니퍼 나온 거 봤지?"

오누이가 쌍으로 헛 다리를 짚고 있었다.

"근데 왜?"
"엄청나게 히트했잖아. 거기 나오는 페퍼 포즈 있지?"
"아!"
"월 스트리트 저널에 메리가 테라의 페퍼 포즈라고 나왔더라."
"그래?"
그런 건 왜 보고를 하지 않았을까?
이진이 메리 앤을 바라봤다.
술잔을 들어 칵테일을 마신다. 평소에는 있을 수 없는 일이다. 그만큼 기분이 상했다는 증거.
대충 둘러대던 이진은 밤 11시쯤 되자 내일 보자며 객실로 올라갔다.

잠이 오질 않았다.
메리가 걱정이 된다. 그리고 어머니 데보라 킴이 맞선에 적극적으로 나설 것이라는 것도 마음에 걸렸다.
이럴 때마다 메리에게 미안하다는 생각이 들었다.
그러다 엉뚱한 생각이 들었다.
테라 가문은 늘 아들 하나 달랑이었다.
그렇게도 능력(?)이 없나?

이진은 하반신을 덮은 이불을 슬쩍 들춰 보았다.

'분명 실한 녀석인데?'

병원에 있을 때만 해도 막 놀고 막 살아서인지 살이 없었다. 하지만 퇴원하고 나서는 근육이 붙으면서 거의 완벽한 몸매가 되었다.

남자가 봐도 멋있다는 생각이 드는데…….

아무튼 가문의 선조들은 별짓을 다 했다고 기록되어 있었다.

그런데도 아들 하나.

'하지만 난 이진이 아니잖아?'

문득 그런 생각이 든다.

그렇다면? 다르지 않을까.

메리 앤만 한 여자는 없다. 무엇 하나 부족함이 없는데 딴 여자를 찾아야 하다니…….

일단 한번 찔러나 보자는 생각이 들었다.

이진은 벌떡 일어나 객실 밖으로 나갔다.

경호원들이 화들짝 놀라 달려들었다.

"Leave me alone. Please!"

이진은 그렇게 말한 후 한 층 아래에 있는 메리 앤의 객실로 향했다.

숨을 한 번 들이켠 후 벨을 눌렀다.

평소와는 다른 메리 앤이 있었다.

늘 단정한 금발이 늘어뜨려져 묘한 분위기를 연출했다.
"회장님! 부르시면 되지 왜 내려오셨어요."
"그게… 일이 아니라 사적으로 좀……."
"예?"
의아해하는 메리 앤.
이진은 직접적으로 들이댔다.
"들어가도 될까?"
쾅.
말이 끝나기 무섭게 문을 닫아 버리는 메리 앤.
크윽.
이진은 잠깐 실망했다.
벽에 등을 기대고 어떻게 할까 고민하고 있을 때, 다시 문이 열렸다.
"그러실 거면 꽃이라도 사 들고 오셔야 하는 거 아니에요?"
"그럼 그럴까?"
"들어오세요."

옆 창문만 바라보는 메리 앤.
슬며시 손을 잡자 얼른 빼며 얼굴을 붉힌다.
성북동에 도착하자마자 문도 열어 주지 않고 곧바로 유

모 안나에게 달려갔다.

'흠, 왜 저러지?'

이진은 그런 메리를 힐끔거리며 할아버지에게 문후(?)를 여쭙기 위해 가야 했다.

공항에 유모가 안 보이더니 수라상을 준비한 모양.

음식 냄새가 진동을 한다.

이진은 할아버지에게 인사를 한 후 마주 앉았다.

사업 보고 자리나 다름없었다.

"공매도한 주식을 처분하는 중입니다. 추정치로는 5,000억 달러의 수익을 올릴 것으로 보입니다."

"애썼다. 그럼 주식을 사야지?"

척하면 척이었다.

공매도에서 얻은 이익으로 다시 주식을 사들일 것이란 걸 예상하고 있었던 듯했다.

"예. 주가를 부양하는 조건으로 나머지 채권 중 일부를 현금화하도록 버냉키에게 요구할 생각입니다."

"내가 상원에 힘을 좀 쓰마."

"감사드립니다."

할아버지 이유가 이진의 뜻에 화답했다.

"한국은 어쩔 셈이냐?"

"외환은행을 인수할 생각입니다."

"직접 경영에 나서겠다고?"

할아버지가 찻잔을 내려놓으며 물었다.
"그럴 리가요? 전문 경영인을 세우고 테라 코리아는 지주회사로 남을 생각입니다."
"그것도 잘 생각했다. 그래야지."
테라 가문은 투자한 회사의 직접 경영은 원치 않는다.
이진의 생각도 마찬가지였다.
처음에는 잠깐 직접 나서서 기업을 경영해 볼까 생각도 했다.
돈이 많으니 별생각이 다 들었다.
그러나 선조들의 기록을 읽어 보니 그것보다는 그런 기업들을 뒤에서 받쳐 주는 것이 테라 가문이 할 일이었다.
"엉망이 되었더구나. 이런 일에는 늘 고춧가루가 끼는 법이다."
"명심하겠습니다, 할아버지!"
이진은 할아버지 이유의 염려를 잘 알고 있었다.
곧 식사가 준비되었다고 메리 앤이 전했다.
"그러고 보니 오늘이 영조대왕 탄신일이로구나. 아주 뜻깊은 날이 되었다."
이것도 염두에 둔 일이다.
아이디어는 유모 안나가 냈다.
좀 타이트한 일정이긴 했지만, 그래도 한옥 건축이 속도를 내어 주어 오늘이 있게 된 것이다.

그리고 테라 코리아의 출발을 알리는 날이기도 했다.
식사를 마치면 곧바로 사옥으로 가 테이프 커팅을 할 예정이었다.
오늘 자로 테라 코리아는 지주회사로 공식 출범한다.
아쉬운 것이라면 일가가 많지 않다는 것이었다.
대신 한영그룹 사람들이라도 와 주어서 다행이라는 생각이 들었다.
할아버지 이유가 수저를 들자 식사가 시작되었다.
오랜만에 먹어 보는 집밥이다.
이진은 평소와는 다르게 왕성한 식욕을 느꼈다.
젓가락을 들고 뭘 먼저 집어 먹을까 고민하던 이진.
노려보는 메리 앤과 눈이 딱 마주쳤다.

2권에 계속

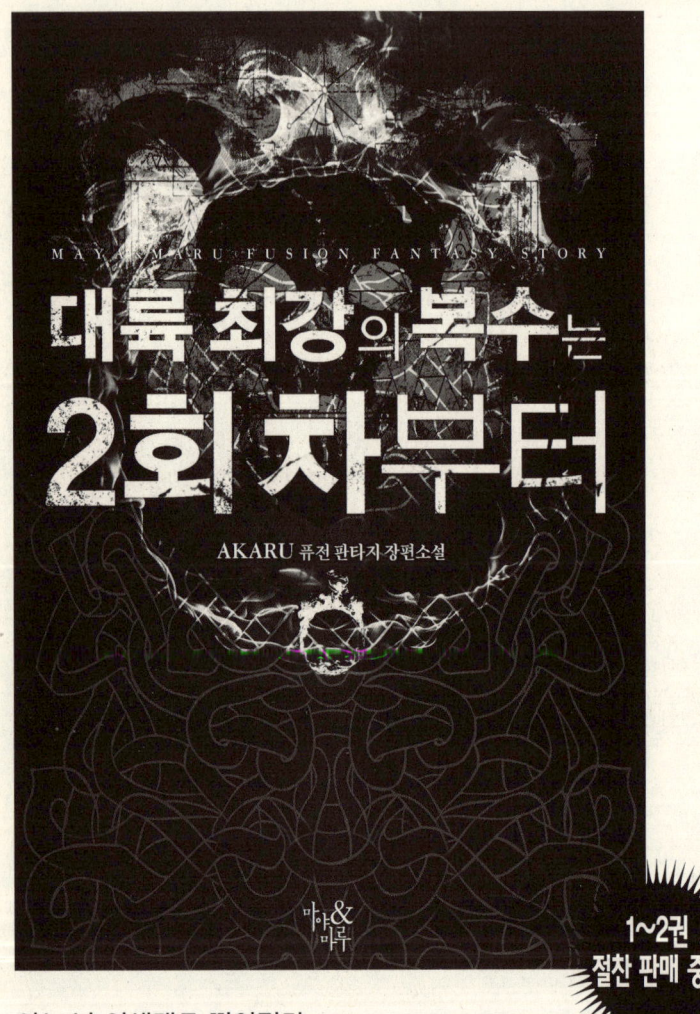

어느 날 이세계로 떨어졌다.
집으로 돌아가기 위해 싸웠지만 허무하게 죽임을 당해야 했다.
그 순간 나타난 암흑신!
그와의 계약을 통해 복수할 기회를 얻었다.
나는 당연히 승낙했고, 이번에는 그것을 위해 싸우기로 했다.

www.mayabooks.co.kr

www.mayabooks.co.kr